LE JOYEUX NOËL DU POMPIER

NOËL À HEART FALLS
TOME 1

VIVIAN AREND

A Firefighter's Christmas Gift / Le Joyeux Noël du pompier
Copyright © 2023 par Arend Publishing Inc.
e-Book ISBN : 978-1-990674-82-2
Broché ISBN: 978-1-990674-83-9
Correction de la version originale par Anne Scott
Relecture de la version originale par Angie Ramey & Linda Levy
Traduit par Myriam Abbas et Valentin Translation
Conception de la couverture © Damonza

1

———————

Il restait douze jours avant Noël, ce qui ne semblait pas suffire étant donné tout ce que Hanna Lane devait accomplir.

Malgré tout, certaines choses étaient faites pour être savourées. Elle enroula ses deux mains autour du mug de mocha latte qu'elle s'était autorisée à acheter, buvant lentement avec les yeux fermés alors qu'elle laissait les bruits du café Buns & Roses s'enrouler autour d'elle comme une chaude couverture d'hiver.

Des voix familières, des odeurs délicieuses. Rien que de penser aux roulés à la cannelle de Tansy Fields faisait saliver Hanna. Mais elle voulait partager la pâtisserie avec sa fille Crissy qu'elle avait achetée, ce qui signifiait garder le haut du sac en papier fermement replié pour l'aider à résister à la tentation.

Mais ça ne signifiait pas qu'elle ne pouvait pas *faire semblant* d'avoir à disposition de ses papilles gustatives tout l'assortiment qui se trouvait derrière le comptoir.

Une chaise couina, elle ouvrit les yeux et découvrit un

homme imposant au torse large qui s'installait prudemment sur la chaise en fer forgé de l'autre côté de la table. Les yeux bleu profond de Brad Ford passèrent sur elle, un sourire sur son visage.

— Hé, Hanna.

Il leva la main et retira son bonnet, passa une main sur ses cheveux très courts. Hanna ne pouvait pas détacher les yeux. Ce n'était pas approprié que le simple fait de le regarder suffise à la rendre brûlante et glacée en même temps.

Il était tellement *baraqué*. De grandes mains, de grands bras, de gros biceps qui étaient révélés alors qu'il retirait son manteau d'hiver et le drapait sur le dossier de la chaise derrière lui. Les jours de son tee-shirt à manches longues étaient comptés, étiré intensément sur ses épaules et son torse.

Une légère toux arriva à ses oreilles.

Oups, elle l'avait regardé fixement. Le regard de Hanna retourna sur le visage de Brad, où son sourire s'inclinait vers l'amusement.

— Bonjour, Hanna. As-tu besoin d'un autre café ?

— Non, merci. Je viens de commencer celui-ci.

Il bougea lentement, comme d'habitude, mais il prenait tellement de place qu'elle se sentait toujours minuscule quand il était présent. Il posa les coudes sur la table devant lui et se pencha vers elle.

Il parla avec une intonation parfaite pour qu'elle puisse l'entendre, mais ne pas l'être par leurs voisins aux tables environnantes.

— Désolé d'avoir dû annuler hier soir.

Hanna l'était aussi, et pourtant en même temps, elle ne l'était peut-être pas.

— Tu es pompier. Tu ne peux rien y faire quand tu es appelé.

— Mais j'attendais notre rendez-vous avec impatience. Tu

n'as pas souvent un mardi soir de libre, et je sais que tu t'étais organisé spécialement avec une baby-sitter.

Hanna joua avec son mug. Il était plus facile de ne pas le regarder quand ils parlaient, parce qu'il ne lui semblait toujours pas possible qu'il s'intéresse à *elle*.

— C'était probablement pour le mieux, parce que c'était un jour de semaine. Ma baby-sitter a dit qu'elle devait réviser pour un devoir.

Ils furent interrompus par l'arrivée du repas de Brad. Fern Fields, le plus jeune membre de la famille Fields, posa le plateau devant lui. Elle leur lança un coup d'œil à tous les deux. Sa profusion de boucles noires dansait autour de sa tête alors que son expression devenait inquisitrice.

— Je peux te resservir, Hanna ?

— Non, merci, lui répondit celle-ci rapidement.

— Vas-y, prépare-lui un second, et mets-le sur ma note, insista Brad malgré les protestations de Hanna. Tu pourras le ramener chez toi et le faire réchauffer plus tard si tu ne le bois pas maintenant.

— Un mocha latte au chocolat noir, ça arrive.

Fern attendit que Brad ait transféré les assiettes sur la table avant d'attraper le plateau avec sa prothèse de main et de retourner au comptoir, fredonnant joyeusement tandis qu'elle évitait les tables et les gens.

Hanna fit de son mieux pour avoir l'air sévère alors qu'elle réprimandait Brad, mais elle fut distraite par la quantité de nourriture.

— Tu n'as pas besoin de m'acheter des choses.

— Tu as raison, acquiesça-t-il, tandis qu'il attrapait un roulé à la cannelle et posait l'assiette devant elle. Tiens. C'est pour toi.

— *Brad.*

Les yeux de celui-ci brillaient.

— C'est mon excuse pour avoir dû annuler notre rencard d'hier soir. Sérieusement. Sinon, je me sentirai terriblement mal toute la journée.

Il *était* terrible. Et persistant – et Hanna ne savait pas comment le gérer. Elle regarda le roulé à la cannelle puis leva les yeux vers lui, mais quand son estomac gronda et qu'il haussa un sourcil, il n'y eut pas grand-chose qu'elle puisse faire pour protester.

— Merci.

Il hocha joyeusement la tête, prit son énorme muffin et mordit dedans avec enthousiasme.

Ils restèrent silencieux un instant alors qu'ils appréciaient tous les deux leur pâtisserie, mais Hanna se demanda encore une fois à quoi elle pensait. Cet homme avait fait tout ce qui était possible pour bien lui faire comprendre qu'il était attiré par elle et qu'il voulait qu'ils passent du temps ensemble, mais elle hésitait encore.

Elle ne savait pas si ses inquiétudes étaient réelles ou provoquées par des fantômes du passé.

Hanna retira un autre morceau du roulé à la cannelle et le plaça dans sa bouche alors qu'elle regardait Brad à la dérobée. Quelqu'un à une table à proximité lui parlait, pas comme si elle était ignorée, mais comme si Brad lui donnait un peu d'espace.

Brad Ford était peut-être un géant, mais c'était un gentil géant. Seulement, Hanna avait une fille de huit ans qui était sa priorité, et même les papillons de l'attirance ne suffisaient pas pour qu'elle prenne le risque que Crissy soit blessée.

Ses assiduités déterminées mettaient Hanna mal à l'aise d'une manière qu'elle n'avait pas ressentie depuis longtemps. Elle était assez intelligente pour savoir que ce n'était pas nécessairement *négatif*, mais elle avait quand même besoin d'aller lentement. Très, *très* lentement.

Brad se tourna vers elle, lui offrant un muffin, et cette fois quand elle secoua la tête, il céda immédiatement.

Ils étaient essentiellement silencieux, partageant un moment agréable alors que Hanna arrivait dans le fond de son premier mug de café. Elle regarda l'heure alors qu'elle réfléchissait à ce qu'elle devait accomplir avant de retrouver Crissy après l'école. En tête de sa liste se trouvait une sieste de l'après-midi, parce que son travail nocturne à nettoyer des bureaux signifiait qu'elle pouvait soit se reposer un moment chaque jour, soit finir en zombie d'ici la fin de la semaine.

Elle rassembla ses affaires alors qu'elle lançait un coup d'œil à Brad de l'autre côté de la table.

— Merci pour la pâtisserie du déjeuner. Je ne m'y attendais pas. C'était une agréable surprise.

Le visage de Brad s'illumina comme si elle lui avait donné une sorte de récompense.

— Content de l'entendre, mon sucre. J'espère que Crissy appréciera le roulé à la cannelle.

Hanna pouvait imaginer la joie de sa fille devant la pâtisserie.

— Je...

C'était drôle comme elle avait envie en même temps de rester *et* de fuir.

— Je dois y aller.

— Je peux te voir plus tard dans la semaine ? Peut-être que nous devrions essayer d'avoir un rencard pendant la journée pour que tu n'aies pas à t'inquiéter de trouver une baby-sitter.

Elle était plus tentée qu'elle n'aurait dû l'être. C'était une offre généreuse et observatrice.

— Peut-être.

Il se pencha de nouveau, et on aurait dit qu'il n'y avait qu'eux dans le café bondé.

— Une promenade à cheval ?

Observateur et maléfique. Les chevaux étaient sa kryptonite. Elle l'examina et, pendant un bref instant, s'autorisa à apprécier tout ce magnifique emballage de virilité.

— Mardi ou mercredi la semaine prochaine ? proposa-t-elle.

— Vendredi ? Ou lundi ?

Comme s'il était trop impatient pour attendre.

Hanna se mit à rire.

— D'accord, lundi. Mais je dois être de retour à l'école d'ici quinze heures quand Crissy aura terminé. Et je ne peux pas y aller avant onze heures.

Parce que même si elle pouvait jouer un peu avec son emploi du temps, comme faire une sieste avant le déjeuner au lieu d'après, elle avait besoin de dormir au moins deux heures.

Il ne protesta pas.

— Je viendrai te chercher, parce que je ne pense pas que ta voiture pourra monter la route jusqu'à notre ranch.

Un frisson d'excitation la parcourut, mais alors qu'elle prenait son café d'une main et le sac avec le roulé à la cannelle dans l'autre, elle lui lança un sourire, luttant contre la sensation qu'un autre rendez-vous était une idée dangereuse.

— D'accord, je te verrai à ce moment-là.

Il se mit debout et se tourna vers elle alors qu'elle avançait.

— J'ai hâte.

Hanna passa à côté de lui, l'odeur de son savon et sa pure présence étaient comme un contact pour elle. Elle sortit dans la rue, ses bottes glissaient dans la neige qui recouvrait le trottoir alors qu'elle retournait à son appartement. Elle y vivait avec Crissy à l'étage au-dessus des commerces qui se trouvaient au rez-de-chaussée à une rue du Buns & Roses.

Alors qu'elle posait prudemment sa boisson et la pâtisserie dans le frigo puis allait s'étendre sur le lit pendant un moment, elle était une masse de frissons et d'excitation.

Était-il possible que quelque chose de bien soit en approche ?

~

BRAD SE SURPRIT à siffler alors qu'il prenait la route escarpée qui menait au ranch tentaculaire dans lequel il avait grandi. Même après avoir été appelé sur un feu à un moment des plus agaçants, et d'avoir dû rester jusqu'à presque deux heures du matin pour s'assurer qu'il n'y avait pas d'étincelles persistantes dans la vieille grange où cela avait dégénéré, Brad était essentiellement gai comme un pinson.

Il aurait été plus heureux s'il avait eu son rendez-vous avec la douce Hanna Lane, mais il était un homme patient. Il était presque sûr qu'il était inutile d'insister pour aller plus vite qu'ils ne le faisaient déjà.

Brad n'était pas stupide. Il voyait bien qu'elle était intéressée, mais elle était aussi soit incroyablement timide, soit nerveuse. Alors qu'il en soit ainsi.

Il était patient, mais aussi déterminé. Revenir à Heart Falls, où il avait grandi, avait été un choix délibéré. Non seulement pour qu'il puisse être là pour son père, mais parce qu'il avait aimé vivre dans la petite ville quand il était jeune.

Sa formation en tant que Technicien de Service d'Urgence [1]et pompier l'avait éloigné, mais maintenant il était revenu, avec un bon travail et assez d'argent à la banque, grâce à un héritage hérité de sa mère décédée. Il était prêt à se poser et à fonder sa propre famille.

Mais revenir dans une petite ville était risqué en termes de relations potentielles. Il n'y avait aucun moyen de savoir qui serait encore là, et qui avait déjà trouvé cette personne spéciale, c'était la raison pour laquelle il avait été ravi de découvrir que Hanna Lane avait emménagé dans la région.

Oh, il l'avait vue quelques fois quand il rendait visite à son père au cours des années. Elle avait de longs cheveux châtains qu'elle portait lâchés sur ses épaules et de grands yeux marron qui lui donnaient envie de la regarder pendant des heures. Des courbes douces sur une silhouette menue – elle était assez incroyable pour attirer son attention, mais suffisamment discrète pour qu'il n'ait jamais insisté pour la rencontrer officiellement. Pas avant juin dernier quand il avait réaménagé en ville pour de bon.

Depuis lors, cela avait été deux pas en avant, trois pas en arrière dans la danse des rendez-vous. Il était sérieux, mais Hanna ne semblait pas penser qu'il l'était. Hanna ne semblait pas savoir pour quoi elle était prête, et il n'avait pas fait pression sur elle.

Ils avaient eu une demi-douzaine de rendez-vous officiels depuis octobre, et il l'avait embrassée deux fois. Même si cela n'avait pas été de vrais baisers, parce qu'une fois elle avait tourné la tête et sa tentative prudente avait atterri sur son front, et la deuxième fois il avait touché sa joue. Il s'était inquiété de trop insister, mais elle avait souri doucement, et il avait espéré, et...

Peu importe qu'il ait été en érection et qu'il en désirait plus, il avait été étonnamment content de rentrer chez lui chaque fois, déterminé à aller à son rythme.

Brad arriva sur la crête de la colline, et le ranch de Lone Pine apparut, le revêtement en bois imposant était usé par le temps et pourtant encore solide. Son père avait ralenti au cours des dernières années, surtout après que la mère de Brad, Connie, était morte deux ans auparavant.

Mais Patrick Ford avait pris soin du lieu du mieux qu'il pouvait jusqu'à son accident début juin. Depuis lors, il s'était lentement débarrassé des animaux et louait les champs aux voisins.

Entre ses indemnités à la suite de son accident et les quelques revenus du ranch, son père s'en sortait financièrement. Brad avait pris de son plein gré le relais pour les réparations et sa part des dépenses. Bon sang, il était prêt à tout payer si c'était nécessaire.

Il voulait simplement que son père soit heureux. Patrick était encore faible après son accident de tracteur, et c'était un moment difficile de l'année, car l'anniversaire de la mort de Connie approchait.

Avoir perdu sa partenaire de vie de presque quarante ans avait laissé Patrick plus handicapé par certains côtés que les dommages causés à ses jambes après avoir été écrasé par le lourd équipement.

Devant la maison, la camionnette Chevrolet usée de son père était garée près de la porte. À côté se trouvait une Hyundai flambant neuve qui semblait très décalée dans l'environnement rustique. Brad se demandait comment le véhicule avait réussi à monter la route enneigée.

Quand il passa la porte de derrière et entendit des éclats de voix, Brad entra à grands pas avec ses bottes, traversa le vestibule jusqu'à la salle de séjour.

— Peut-être que si tu avais un jour montré que tu en avais quelque chose à faire de moi, je penserais autre chose, dit Patrick Ford, ses cheveux blancs argentés redressés sur sa tête comme s'il avait passé une main dedans.

Il lança un regard noir et sévère à Mark, le frère aîné de Brad.

— Inutile de protester, continua-t-il. J'ai pris ma décision.

— Que se passe-t-il ? les interrompit Brad. Mark, qu'est-ce que tu fais ici ?

Son frère se tourna vers lui, de la colère dans les yeux. Dans l'ensemble, il n'était pas aussi baraqué que Brad, sa silhouette tendant plus vers les lignes minces et étroites qu'il avait héritées de leur mère.

— C'est aussi ma maison. J'ai tous les droits d'être ici.

— Tu es le bienvenu pour me rendre visite, mais ce n'est *pas* ta maison, affirma leur père fermement tout en se renfonçant dans son fauteuil comme s'il n'y avait pas d'éclats de voix qui résonnaient contre les murs.

— Mark. Papa.

Brad s'avança entre eux, posa une main sur le torse de son frère. Mark vibrait pratiquement sous la colère.

— Je ne voulais pas dire *que fais-tu là* comme si tu n'y étais pas autorisé, je ne t'attendais simplement pas. Que se passe-t-il ? Et ne crie pas, mon ouïe fonctionne bien.

Mark recula, fit les cent pas dans la pièce, ce qui fit protester le parquet usé. Chaque pas résonnait avec un craquement saccadé.

— Il m'a dit de venir. Il a dit qu'il avait quelque chose à nous dire, mais ce qu'il voulait vraiment dire c'était qu'il voulait que je sois là pour pouvoir me cracher au visage.

Brad inspira profondément et lutta pour trouver de la force. Son père et son frère aîné avaient eu une brouille des années auparavant, et même s'il essayait de les convaincre de passer à autre chose, aucun d'eux ne voulait bouger d'un pouce. Ça n'avait fait qu'empirer après le décès de Connie.

Brad mit autant d'autorité dans sa voix que possible, pointant un doigt vers le fauteuil dans le coin opposé à celui de son père.

— Mark, assieds-toi et nous allons trouver une solution.

À sa grande surprise, son frère coopéra immédiatement, se laissa tomber sur le fauteuil puis foudroya Patrick du regard.

Brad se concentra sur son père.

— Papa ? As-tu demandé à Mark de venir ?

Patrick hocha la tête.

— Je n'avais pas l'intention de lui dire quoi que ce soit avant que tu ne sois là aussi. Mais il me met tellement en colère...

— *Je* te mets en colère ? Tu devrais essayer de vivre avec toi-même, vieux. Tu es le plus...

— Tais-toi, rugit Brad, sa voix résonnant contre les murs. Taisez-vous tous les deux.

Tous les deux se calmèrent, même si une colère obstinée marquait leurs traits. Mais au moins maintenant, leurs bouches étaient closes.

Quelle journée paradoxale ! Quel changement d'émotions, passer de rêvasser à la douce Hanna à devoir gérer la situation incendiaire de sa famille.

— Je n'ai ni le temps ni la patience de gérer ça si tout ce que vous voulez faire c'est vous crier dessus. Mark, arrête de l'interrompre et laisse papa s'exprimer. Et toi, papa, tu peux parler sans insulter qui que ce soit.

Patrick brisa son duel de regards avec son fils aîné pour croiser celui de Brad.

— Je m'occupe simplement de mes biens. Je fais les choses dont votre mère et moi avons parlé quand elle était encore vivante. Pas question que les impôts reçoivent cinquante pour cent de tout ce que nous avons œuvré à construire.

— Tu es loin d'être mort, signala Brad, et pour être direct, quand tu ne seras plus là, ce ne sera pas ton problème. Mark et moi nous en occuperons.

— De la même manière dont il s'est occupé de l'argent que Connie lui a légué ? En le laissant lui glisser entre les doigts comme si c'était de l'eau ?

Mark émit un son comme s'il allait parler puis serra la mâchoire, serrant les poings sur les accoudoirs du fauteuil.

Patrick leva les yeux vers Brad.

— Bien sûr que je suis mourant.

Brad sentit ses jambes faiblir, et il se laissa tomber sur le canapé.

— *Quoi ?* Qu'est-ce qui ne va pas ?

Son père eut la bonne grâce d'avoir l'air coupable.

— Non. Je ne veux pas dire ça. Simplement que nous sommes *tous* mourants. Et mon accident a prouvé que nous ne savons jamais quand la vie pourrait changer. Maintenant avec mes fichues jambes, et...

— Bon sang, papa, ne nous fiche pas la trouille comme ça.

Brad lança un coup d'œil à son frère dans l'espoir que le moment de vulnérabilité de leur père ait transpercé sa coquille dure.

Mark avait toujours le regard noir. Il semblait que le cœur de son frère était vraiment une pierre.

Patrick se racla la gorge puis parla fermement.

— C'était mon choix. J'ai envoyé une lettre à mon avocat pour mettre les choses en place, alors c'est fait. Je lui ai dit que je te donnais tout, Brad. Ce qui veut dire que je suis maintenant officiellement sous ta responsabilité, mais *toi,* je te fais confiance. Je sais que tu ne me mettras pas dehors ni dans une maison de retraite pour ne jamais venir me voir.

— C'est ma maison aussi. Tu ne peux pas tout donner à Brad, dit Mark sèchement. Tu as perdu la boule.

Son père haussa un sourcil, mais au lieu de crier, il parla plus doucement.

— Et peut-être que ce que tu viens de dire à l'instant c'est une réponse à la raison pour laquelle je fais confiance à Brad pour s'occuper de moi, et pas à toi.

— Alors comme ça, tu vas me priver de tout ?

— C'est fait, dit Patrick.

Brad soupira.

— J'aurais aimé que tu me parles de ça d'abord, papa. Je

veux dire, c'est toi qui décides de ce que tu fais avec ton argent et la maison...

— Bien sûr que tu dis ça, puisque tu vas tout avoir, interrompit Mark sèchement en se levant.

Il les foudroya du regard.

— Tu n'as pas fini d'en entendre parler. Tu ne peux pas soudain tout lui donner.

Tous les cris semblaient avoir quitté son père. Patrick regarda tristement son fils aîné.

— Il n'y a rien que tu puisses faire pour me faire changer d'avis là-dessus. Tu as passé les cinq dernières années à montrer le peu de respect que tu as pour moi, le ranch et ta mère quand elle était encore vivante. Je ne te fais pas confiance en ce moment. Alors, quelles que soient les dettes que tu as accumulées et que tu espères éponger avec ton héritage, tu devras simplement avoir des couilles et te sortir tout seul des problèmes. Tu as fait des choix, fiston. Maintenant, tu vas devoir vivre avec.

Ce fut prononcé doucement, mais tranchant comme un couteau.

— Alors. C'est tout ?

— Je suppose.

Mark quitta la pièce en tapant du pied, claquant la porte derrière lui. Dans le silence qui tomba, un moteur rugit avant de disparaître au loin.

Patrick avait l'air pâle. Brad s'approcha, s'agenouilla aux pieds de son père, lui prit la main et vérifia discrètement son pouls.

Son père secoua la tête.

— Je suis désolé que ça ait été aussi hostile.

— Moi aussi, répondit Brad en s'asseyant sur la table basse, tenant la main de son père. Nous n'avons pas fini de parler. J'étais sérieux... c'est toi qui décides ce que tu veux avec le ranch. Et tu as raison. Mark doit prendre ses responsabilités et grandir. Mais je ne crois pas que ce soit une bonne idée de lui fermer la porte. Il reste ton fils et mon frère. Les gens peuvent changer.

La tête d'un blanc argenté de Patrick se baissa lentement.

— Je sais. C'est dur d'avoir du recul quand je carbure à l'agressivité. Connie ne serait pas très contente de moi en ce moment.

Il soupira lourdement.

— J'aurais dû te parler d'abord.

— En effet, mais nous ferons ce que nous pouvons pour avancer. Et si nous donnions un peu de temps à Mark pour se calmer, puis nous lui enverrons un e-mail, suggéra Brad. Pour lui dire de venir nous voir. Ce serait sympa de recommencer à être une famille un jour.

Patrick regarda dans le vide.

— Bon sang, ta mère me manque. Elle n'aurait pas pu régler ça, mais rien que de lui parler rendait toujours le fardeau plus léger.

Brad savait de quoi son père parlait mieux qu'il ne l'aurait imaginé, parce qu'en l'espace de quelques mois, tout avait changé.

L'envie la plus forte en lui était d'aller trouver Hanna et de l'attirer contre lui, de la serrer fort alors qu'il partageait avec elle ce qui venait de se passer. Il voulait la laisser entrer dans son monde et la laisser le soutenir.

C'était une chose à laquelle réfléchir...

2

Le vendredi soir, Crissy grimpa sur les genoux de Hanna, livre de lecture à la main pour faire ses devoirs.

— À quelle heure dois-tu partir au travail, maman ?

— Bientôt. Mme Nonnie devrait arriver à tout moment.

Sa petite fille se pelotonna contre elle puis tourna lentement les pages, lisant les mots avec soin. Hanna lui donnait un coup de pouce quand c'était nécessaire, mais dans l'ensemble elle absorbait simplement la chaleur de sa précieuse enfant.

Chaque instant de lutte jusqu'ici en avait valu la peine grâce à Crissy. Chaque relation à laquelle elle avait dû tourner le dos, Hanna ne pouvait en regretter aucune parce que Crissy était là, heureuse, et s'épanouissait autant qu'elle le pouvait.

Il y avait des vérités tristes. Crissy n'avait pas de grands-parents parce que lorsque Hanna avait découvert qu'elle était enceinte, la première chose que ses parents avaient faite après l'avoir regardée avec horreur, choqués, avait été de lui dire de faire sa valise et de partir.

Hanna repoussa ce souvenir. C'était des pensées cauchemardesques et non une chose qu'elle voulait dans sa vie. Elle se concentra sur Crissy, qui lui sourit après avoir articulé un mot exceptionnellement difficile.

— Ça dit magnifique, l'informa Crissy.

— C'est ça. Bien joué.

Crissy leva une main pour lui toucher la joue.

— Je pense que tu es magnifique.

Le cœur de Hanna s'emplit de bonheur.

— Merci. Je pense que tu es magnifique aussi.

Le téléphone sonna, et Hanna décrocha.

— Hanna, chérie. Je suis désolée, mais il m'est impossible de venir.

Quelque chose dans la gorge de Mme Nonnie émit un horrible son éraillé, et elle marqua une pause pour se moucher le nez avant de terminer dans un chuchotement rauque :

— J'aurais dû appeler plus tôt, mais je me suis endormie.

Cette soirée allait de mal en pis.

— Je suis désolée que vous ne vous sentiez pas bien. Bien sûr, vous devez rester chez vous pour vous remettre.

— Prends soin de toi.

Alors que Hanna raccrochait, elle se réprimanda de ne pas s'être rendu compte que ça pourrait arriver. Mme Nonnie avait annulé seulement quelques soirs auparavant, et Hanna avait été forcée d'improviser et de déposer Crissy chez des amis.

Même si Hanna avait réservé une autre baby-sitter pour le rendez-vous annulé entre elle et Brad, joindre une adolescente à la dernière minute un vendredi soir était hors de question.

Elle regarda l'heure. Il était trop tard pour demander de l'aide à ses amis.

Crissy inspira profondément.

— Je suis assez grande pour rester à la maison toute seule, chuchota-t-elle.

— Oh, chérie. Non, tu ne l'es pas. Je suis désolée, mais tu vas devoir venir avec maman. Nous allons apporter ton sac de couchage, et tu feras du camping, d'accord ?

Cela allait rendre les choses plus difficiles, mais quel autre choix avait-elle ? Et c'était quelque chose qu'elle avait dû faire à d'autres moments au cours des années.

Crissy alla chercher ses affaires.

— N'enfile pas ton pyjama. Mets ton pantalon de survêtement doux et ton sweat à capuche bleu, lui rappela Hanna.

L'essentiel de ses produits d'entretien était déjà dans la voiture. Hanna attrapa le panier de choses qu'elle emportait chaque jour pour les empêcher de geler, puis empaqueta un en-cas et une bouteille d'eau pour Crissy. Elle ajouta deux livres et une lampe torche pour en faire une aventure de camping.

Il fallut un voyage supplémentaire pour aller de la voiture au bureau, et un peu plus de temps pour installer Crissy dans sa « tente », mais tandis que Hanna se mettait à nettoyer le cabinet comptable qui était le premier de ses quatre boulots de la nuit, c'était un peu comme voyager dans le passé.

Après la naissance de Crissy, Hanna avait eu besoin d'un emploi. Elle avait travaillé pendant un an pour une autre femme, partageant un appartement avec deux mères célibataires. Elles avaient organisé leurs emplois du temps pour pouvoir jouer les baby-sitters en rotation.

Mais quand tout ça s'était effondré, Hanna était venue à Heart Falls. Elle avait commencé à apporter un parc portable pour que Crissy puisse dormir et jouer à l'intérieur, et quand ça ne marchait pas, elle enfilait un porte-bébé dorsal. Le mouvement d'aller et retour avec l'aspirateur et le reste de ses tâches suffisaient à endormir une bambine fatiguée.

Chaque job lui avait pris un peu plus de temps, mais cela avait permis à Hanna de travailler assez pour payer les factures.

Le fait que Crissy était une enfant magnifique et douce avait rendu ça plus facile à ce moment-là, et c'était encore le cas maintenant. Mais quand le troisième bureau fut terminé, il était plus de minuit, et Hanna commença à sentir l'effort supplémentaire qu'il lui avait fallu pour effectuer ses tâches.

Crissy dormait, elle la ramena dans leur appartement situé à l'étage et la mit au lit. Ça, elle pouvait se permettre de le faire. Le dernier bureau qui devait être nettoyé était le cabinet d'avocat sous leur foyer. Et avec le baby-phone allumé, si Crissy avait besoin d'elle, Hanna pourrait monter en moins d'une minute.

Elle déposa un baiser sur le front de sa fille endormie.

— Maman t'aime, chuchota-t-elle.

Les bras de Crissy se soulevèrent et passèrent autour de son cou, la serrant fort.

— Je t'aime, maman. C'est mon lit, dit-elle d'une voix endormie.

— Oui. Ton camping est terminé. Maman doit descendre pour finir de travailler, mais si tu as besoin de moi, appelle, d'accord ? J'ai le téléphone spécial avec moi.

— D'accord.

Crissy s'était rendormie avant d'avoir terminé de se retourner.

C'était un travail difficile de faire le dernier bureau. Probablement parce que sa sieste de l'après-midi avait davantage été de se tourner et de se retourner au lieu de dormir. Des images de Brad l'interrompaient bien trop souvent.

Elle devait comprendre ce qu'elle faisait avec cet homme. Ce n'était pas raisonnable de continuer à sortir avec lui si elle n'était pas intéressée par quelque chose de sérieux.

D'un autre côté, serait-elle intéressée s'il n'était pas vraiment sérieux ? Il semblait l'être, et il était persistant, mais il était assez évident qu'elle ne pigeait pas très bien quand les hommes étaient sérieux et quand ils cherchaient simplement à obtenir quelque chose. Et par obtenir quelque chose, elle voulait dire du sexe.

La cuisine au fond du cabinet donnait l'impression que quelqu'un avait organisé une fête avant qu'un tremblement de terre ne frappe. Et quand Hanna s'apprêta à déplacer la cafetière et qu'elle bascula, répandant du café froid partout, ça ne fit qu'ajouter au désastre.

Quand la pièce fut étincelante, elle était suffisamment fatiguée pour avoir le besoin de s'asseoir. Elle posa la tête sur ses bras et ferma les yeux un instant.

Elle aurait pu s'en tirer avec un peu moins de boulot, mais Mr Boise avait été gentil avec elle depuis le début quand elle était arrivée à Heart Falls. Il avait été le premier à l'engager, et il l'avait recommandée pour qu'elle s'installe dans l'appartement au-dessus de son bureau.

Il l'avait aussi aidé à remplir la paperasse nécessaire pour s'assurer que personne ne pourrait jamais lui prendre Crissy. Pas qu'elle s'attendait à ce que le donneur de sperme se pointe pour demander des droits parentaux, mais elle n'avait voulu prendre aucun risque.

Elle pouvait voir les yeux gris clair de Crissy la regarder avec confiance. Hanna rêvait de l'emmener quelque part où c'était joli, sur un versant de montagne, avec une balançoire et peut-être des chevaux... Crissy adorait autant les chevaux que Hanna à cet âge.

Un bourdonnement bruyant lui emplit les oreilles, et Hanna se rendit compte qu'elle s'était endormie sur la table. Elle leva les yeux, stupéfaite de découvrir que la pièce était emplie de fumée, et le bourdonnement était l'alarme incendie qui sonnait.

Crissy.

Hanna bondit sur ses pieds, fonçant dans le couloir vers la porte d'entrée.

Elle s'arrêta brusquement dans l'embrasure lorsque la chaleur la frappa au visage. Tout l'avant du bureau était empli de flammes, et elle se retourna, filant vers la porte de derrière, tapotant frénétiquement ses poches à la recherche de son téléphone tout en courant.

Elle composa le 911 alors qu'elle plaçait l'épaule contre la sortie de secours et qu'une autre alarme résonnait.

Hanna fila vers l'entrée menant aux escaliers vers les appartements avant de découvrir que ses clés étaient restées dans le cabinet. Elle était dans la ruelle de derrière sans rien d'autre que son tee-shirt et son jean. Elle avait laissé son sac à main et sa veste sur la table près du reste de ses affaires.

— *Non.*

Elle tambourina sur la porte, désespérée que Crissy l'entende.

— Neuf cent onze, quelle est la nature de votre urgence ?

— Il y a un feu dans le cabinet d'avocats, et ma petite fille est à l'étage, et je ne peux pas entrer. Je vous en prie, *je vous en prie*, que quelqu'un m'aide.

BRAD SE TROUVAIT à la caserne quand l'appel était arrivé, l'avertissement initial s'élevant du standard relié au système d'alarme du cabinet d'avocats. Quand le 911 reçut un deuxième appel, lui et les premiers sapeurs-pompiers volontaires sortaient avec le camion.

Il ne s'était pas rendu compte avant de vraiment voir le bâtiment que c'était là que Hanna vivait. Une peur glacée remonta lentement le long de sa colonne vertébrale, mais il se déplaça avec une précision entraînée avec les autres membres de son équipe, se mettant en place à l'avant du bâtiment et sortant les lances pour gérer les flammes immédiates.

Il cria des ordres à ses hommes puis prit le chemin menant à l'arrière, faisant le tour pour chercher d'autres entrées.

Il trouva Hanna qui tambourinait sur une porte fermée et verrouillée, hurlant à pleins poumons.

— Que quelqu'un me trouve une couverture, cria-t-il au poste d'observation avant d'examiner rapidement Hanna.

Il vérifia ses mains et ses bras, lui passant une main sur la tête.

— Est-ce que ça va ? Étais-tu dans ce brasier ?

— Crissy. *Crissy* est à l'étage, dit-elle en essayant de le dépasser pour retourner à la porte.

Son cœur tomba à ses pieds. Il agrippa Hanna par les épaules et se pencha pour la regarder dans les yeux.

— Je vais aller la chercher. Reste ici.

Hanna secoua frénétiquement la tête.

— Je sais où elle est.

— Dis-moi. La chambre du fond ou de devant ?

Il connaissait le plan du logement depuis des années, mais il savait aussi que quand il y avait le feu, les enfants restaient rarement où ils se trouvaient au début.

Un autre pompier était arrivé et enroula une couverture autour des épaules de Hanna.

Elle essaya de la repousser, des larmes brillaient dans ses yeux, mais de la colère aussi.

— Je dois la sauver, cria-t-elle.

L'équipe avait ouvert la porte, et Brad ne pouvait plus attendre.

— Veille à ce qu'elle reste ici, ordonna-t-il au pompier avant de se pencher pour l'attraper en la regardant droit dans les yeux. Hanna, je vais aller chercher Crissy à ta place. Tu *dois* rester ici.

Il la serra brièvement, et elle hocha la tête, son expression s'aiguisant alors qu'elle se rappelait quelque chose.

— Son code secret est Père Noël. Elle ne viendra peut-être pas de son plein gré avec toi sans ça.

— Compris.

Il la força doucement à reculer dans les bras protecteurs d'un volontaire. Puis il se retourna, abaissant sa visière et faisant signe à son partenaire de se joindre à lui alors qu'ils entraient dans la cage d'escalier enfumée.

Le lourd poids de son équipement n'existait plus alors qu'il montait en courant, pivotant sur le palier vers l'appartement de Hanna. Lui et Mack vérifièrent rapidement les deux portes.

Mack jura alors qu'il reculait de l'appartement vide.

— Une explosion de fumées se prépare.

— Celle-ci est encore froide, lui dit Brad.

Un bon coup de pied au niveau de la serrure suffit à faire voler le bois en éclats.

À un autre moment, il se serait inquiété de la fragilité de la protection qui préservait Hanna et Crissy, mais en cet instant, il était reconnaissant.

— Crissy. C'est l'ami de maman, Brad. Nous sommes là pour t'aider.

Le cri sortit brouillé par sa visière, et Brad jura doucement avant de la soulever partiellement, dirigeant Mack vers la chambre avant.

— Crissy, nous devons sortir de l'appartement. Hanna a dit que tu devais venir avec nous.

De la fumée s'élevait à travers les plinthes et les grilles d'aération, le bruit des sirènes et des alarmes incendie portait par-dessus le crépitement plus faible, mais grandissant des flammes. Bien trop familier, bien trop dangereux.

Brad se glissa dans ce qui était incontestablement une chambre de petite fille. Un joli violet avec des posters de créatures de contes de fée et de licornes recouvraient les murs. Seulement, le palais de princesse était en train de se transformer rapidement en une scène infernale tandis que le feu au rez-de-chaussée s'emparait du sol sous cette partie du bâtiment. Des murs cédaient sous la chaleur, et la surface sous lui craquait de façon inquiétante.

— Crissy ?

Elle n'était pas au lit, sous le lit ou dans le placard, tous les endroits habituels où un enfant effrayé se cachait. Il vérifia le coffre à jouets, mais il n'y avait pas d'autre endroit assez grand pour une enfant, pas même pour une frêle enfant de huit ans.

— L'autre chambre est vide aussi, cria Mack. Crissy, ta maman t'attend en bas. Tu dois venir avec nous maintenant.

La chaleur montait. La salle de bain était une impasse, la cuisine suffisamment petite pour que cela ne prenne que dix secondes pour ouvrir tous les placards et regarder à l'intérieur.

Brad cria de nouveau le prénom de Crissy pendant que Mack cherchait au bord de l'espace de vie, passant la main sur les couvertures et les rideaux, écartant les coussins. La visibilité diminuait, le vieux bâtiment cédait alors que les flammes faisaient des ravages sur le bois et l'isolant, les enflammant alors que l'eau martelait les fenêtres fermées.

Elle devait être là.

Son regard tomba sur la table basse dans le coin. Un petit sapin de Noël artificiel était posé dessus, ses branches nues tel un hommage à Charlie Brown[1].

Mais la base était couverte d'un tissu aux joyeuses couleurs de Noël qui tombait jusqu'au sol. Il l'aurait protégée du pire de la fumée, et aurait été bien plus sûr que sa chambre.

Était-ce possible ?

Un fracas résonna depuis le couloir dehors. Mack cria un avertissement.

— Deux minutes, max. Bouge, frangin.

Brad se laissa tomber à genoux, souleva le bord du tissu et vit deux grands yeux gris et le visage couvert de larmes d'une mini-Hanna.

— Hé, Crissy. Maman dit que le Père Noël veut que tu viennes avec moi. D'accord ?

S'il le fallait, il la sortirait de là en moins de deux secondes, mais quand elle rampa immédiatement vers lui et se jeta dans ses bras, il fut soulagé d'avoir pu éviter d'en rajouter une couche à une expérience déjà traumatisante.

Il se retourna.

— Je l'ai, Mack. Sortons d'ici.

Ses pieds avançaient déjà alors qu'il prenait une couverture sur le canapé.

— Crissy, j'ai besoin que tu te caches là-dessous une minute, d'accord ? Je t'emmène à ta maman.

Elle l'agrippa plus fort, pressant son visage contre son torse alors qu'il plaçait la couverture sur sa tête et se baissait, sprintant vers la porte, où Mack l'attendait. Sa main attrapa l'équipement de Brad et le poussa dans la bonne direction.

Les escaliers étaient en feu.

Brad sauta les cinq dernières marches, une main sur la rampe pour guider son mouvement en avant, tenant Crissy de l'autre contre lui. Ils jaillirent par la porte comme s'ils étaient propulsés par un moteur à réaction, tandis qu'un horrible fracas résonnait sur leurs talons.

Mack passa un bras autour des épaules de Brad et ensemble ils se précipitèrent vers la zone de sûreté. Derrière eux, le feu protesta contre leur évasion, un cri à en faire trembler les tympans résonnant tandis que le bâtiment cédait.

Il lança un coup d'œil en arrière, et la couverture sur la tête de Crissy se déplaça alors qu'elle se redressait en se tortillant. Les yeux hantés de la petite fille examinèrent les flammes et les murs qui s'écroulaient, la chaleur tourbillonnant autour d'eux.

Elle tourna son regard vers le haut alors qu'il se pressait vers l'ambulance où Hanna était maîtrisée par la force pour l'empêcher de se précipiter vers eux.

— Ça va aller, ma puce, lui assura-t-il. Et maman est juste là. Soyons courageux pour elle, d'accord ?

Crissy pinça les lèvres, mais hocha très légèrement la tête.

— Va faire un câlin à ta maman, mais ensuite nous devrons laisser mes amis t'examiner pour que nous soyons sûrs que la fumée n'est pas rentrée dans ton corps. Peux-tu le faire ?

Hanna s'était libérée et refermait la distance entre eux. La veste que quelqu'un lui avait donnée lui tombait presque jusqu'aux genoux.

Brad hocha la tête vers Mack.

— Prends le relais. J'ai besoin d'une seconde.

— Pas de problème.

Son second lui tapa brièvement sur l'épaule avant de lever un bras et de crier des ordres. L'équipe de volontaires se précipita pour lui communiquer des informations. Ils sortaient des lances supplémentaires, mais à ce stade Brad doutait qu'ils puissent empêcher les autres bâtiments de la rue de partir aussi en fumée.

Son attention se tourna sur Hanna, il fléchit suffisamment les genoux et desserra le bras pour qu'elle puisse enlacer Crissy sans lui retirer complètement la fillette.

— Est-ce qu'elle va bien ? Est-ce que tu vas bien... ?

— Elle va bien, lui assura Brad rapidement. Elle est venue immédiatement quand je le lui ai dit, et elle n'est pas blessée.

— Oh, mon Dieu, bébé. Maman est vraiment désolée. Je suis vraiment désolée.

Hanna déposa des baisers sur le visage de sa fille, se pencha et pressa son front contre le sien.

— Je t'aime, ajouta-t-elle.

— Je t'aime, maman, répondit Crissy en sortant une main

pour essuyer une larme sur la joue de Hanna. Papa Noël m'a dit de me cacher.

— Je suis contente...

— Hanna, nous devons retourner à l'ambulance, l'interrompit Brad. Viens.

Il passa un bras autour d'elle et la guida vers le véhicule d'urgence alors que la plus étrange des sensations grandissait dans son ventre.

L'adrénaline après un sauvetage lui laissait toujours un frisson, mais là c'était plus que ça. Quelque chose de complexe et de puissant. Voir le pur soulagement sur le visage de Hanna était renforcé par la prise que sa fille avait sur le cou de Brad. Crissy avait faufilé un bras autour de lui et s'accrochait comme un petit singe.

Quand ils rejoignirent le véhicule et qu'il essaya de poser Crissy sur le brancard, elle refusa de le lâcher.

Crissy tenait Hanna d'une main, mais l'autre avait glissé pour passer dans une des boucles de son uniforme.

Brad referma les doigts sur les siens.

— Hé, petite. Je t'en ai parlé. Tu dois laisser les médecins t'ausculter.

Elle le tira de nouveau vers elle.

— Reste.

— Crissy, Brad a encore du travail. Maman restera avec toi.

Les yeux de Crissy étaient fixés sur Brad.

— Tu reviens ?

— Je serai de retour quand je pourrai, promit-il. Sois gentille avec ta maman et aide le TSU.

Il lui tapota gentiment le nez avec un doigt ganté et glissa le regard vers Hanna.

Elle se tenait droit comme un piquet, observant comme une maman ourse le TSU s'approcher pour commencer l'examen. Tout ce qu'elle possédait partait en fumée derrière eux, mais elle ne semblait pas s'en soucier. Toute son attention était fixée sur Crissy.

Brad se força à s'éloigner. Il avait des décisions à prendre.

Derrière lui, la voix de Hanna s'éleva, claire et réconfortante. La voix d'un ange, pas d'une femme sur le point de craquer nerveusement.

— Tout ira bien, ma puce. Tout ira bien.

S'éloigner faillit le tuer, mais cet instant suffit à indiquer une chose très clairement. Tout *irait* bien, parce qu'il ferait ce qu'il faudrait pour s'assurer que ce soit vrai pour Hanna et Crissy à l'avenir.

Quoiqu'il en coûte.

3

Il était trois heures du matin, et Hanna ne tenait plus sur ses jambes. Elle était emmitouflée sur le bord du pare-chocs d'un camion, enroulée dans tellement de couvertures qu'elle avait l'impression d'être une momie. On avait déclaré que Crissy était en parfaite santé, mais cela avait pris du temps parce qu'ils avaient dû tout déplacer à mi-chemin du pâté de maisons.

Toute la rangée de magasins brûlait, les murs porteurs s'écroulaient.

Hanna s'était tenue là impuissante, alors qu'une partie du vieux bâtiment en pierre rouge avait cédé, s'écroulant violemment du côté Sud et recouvrant sa voiture de briques et de débris. Tout était perdu, y compris son téléphone qui était également devenu une victime de la soirée quand il lui avait glissé des doigts dans l'agitation et avait été piétiné.

Sur ses genoux, Crissy dormait comme l'innocente petite fille qu'elle était, contente d'être dans les bras de sa maman. Même si, jusqu'à ce que ses yeux se ferment à contrecœur, elle avait cherché attentivement un signe que *son* pompier revenait.

Et maintenant que Crissy était endormie, Hanna découvrait qu'elle ne pouvait pas détacher les yeux de cet homme.

Il semblait être à plus d'un endroit à la fois, se déplaçant rapidement d'un lieu à l'autre. Son lourd équipement ne le ralentissait pas le moins du monde.

Le TSU était revenu, la regardant avec inquiétude.

— Vous avez assez chaud ?

De nulle part, Brad apparut, son masque relevé, et de la suie marquait son visage.

— Que se passe-t-il, Tyler ? Pourquoi est-ce que Hanna est encore là ?

L'interpellé lança un coup d'œil à Hanna avant de s'éloigner, et même s'il parla discrètement, ses mots portèrent aux oreilles de celle-ci.

— Il n'y a plus de place à l'hébergement d'urgence. Et le motel du coin est complet avec cette équipe de réparation du pont. Elle a appelé une amie, alors elle a un endroit où loger pour la nuit à Silver Stone, mais on n'est pas encore venu la chercher.

Brad hocha la tête et se retourna vers Hanna.

— Tu t'accroches ?

— Je vais...

Un autre fracas résonna derrière lui, et elle grimaça involontairement. Elle se redressa, le regarda dans les yeux et admit honnêtement :

— Je suis fatiguée, mais heureuse que nous soyons en sécurité. Merci encore d'avoir sauvé Crissy.

— C'est une petite fille intelligente. Tu passes la nuit avec la famille Stone ?

Elle avait détesté appeler aussi tard, mais c'était le seul endroit auquel elle avait pu penser pour que Crissy se sente à l'aise en se réveillant au matin.

— Ils devraient être bientôt là.

Il eut l'air d'être sur le point de dire autre chose puis on appela son nom, et avec un hochement de tête d'au revoir il recula.

— Dis à Crissy que je viendrai bientôt la voir.

— Hanna !

Un cri résonna depuis l'autre côté alors que Caleb Stone s'avançait. Le visage familier du mari de son amie lui donna quelque chose de nouveau sur lequel se concentrer au lieu de regarder Brad qui retournait dans la zone de danger.

Même si elle devait admettre qu'elle le regardait quand même.

— Laisse-moi prendre Crissy, dit Caleb dans un grondement bas. Nous allons vous ramener à la maison et vous réchauffer.

Ils restèrent tous les deux silencieux sur le trajet. Dans la maison, Tamara, qui avait l'air somnolente et nauséeuse se déplaçait lentement, donna un pyjama et une serviette à Hanna.

— Il y a un lit dans la salle de jeu en bas. Tu peux garder Crissy avec toi, ou si tu veux, tu peux la mettre au lit avec Emma.

— Nous sentons toutes les deux la fumée.

— Si tu veux prendre une douche, vas-y, mais ne t'inquiète pas si tu ne veux pas la réveiller. Tout est lavable.

Finalement, Caleb porta Crissy en bas et l'allongea sur le clic-clac. Hanna regarda son enfant endormie pendant longtemps avant d'aller prendre une douche et de laisser l'eau chaude couler sur elle.

Il lui semblait qu'elle ne réussirait jamais à se réchauffer.

Le matin arriva bien trop tôt, et quand Hanna ouvrit les yeux elle découvrit qu'une petite fille blonde aux cheveux bouclés et aux grands yeux bleus perchée sur l'accoudoir du canapé l'observait. Emma Stone, une des meilleures amies de Crissy.

— Bonjour, dit Hanna doucement.

Emma lança un coup d'œil à Crissy, qui remua légèrement alors qu'elle se pelotonnait contre Hanna.

— Vous êtes venues pour une soirée-pyjama ?

Hanna supposait que c'était une manière de voir ça.

— En quelque sorte.

Crissy se redressait maintenant, regardant son amie avec sérieux.

— Tout a été brûlé, mais Papa Noël m'a dit quoi faire.

— Papa Noël t'a parlé ?

Emma rampa hardiment sur le lit, s'asseyant en face de Crissy comme si elle n'avait absolument rien d'autre à faire que de discuter de ça plus en détail.

Hanna sortit du lit pendant que les filles continuaient à parler, regardant avec consternation ses vêtements qui sentaient la fumée.

La deuxième petite fille de la famille, Sasha, apparut en haut de l'escalier. Elle avait une robe de chambre dans les mains alors qu'elle descendait et examinait Hanna avec bien plus d'autorité qu'une enfant de dix ans ne le devrait.

— Maman dit que vous pouvez porter ça pour monter.

— Merci.

Seulement, ce n'était pas Tamara qui la salua dans la cuisine, mais sa sœur Lisa. Hanna n'avait rencontré cette femme brune que quelques fois en passant.

— Comment ça va ce matin ? demanda Lisa.

Elle leva une verseuse de café, et Hanna hocha la tête, serrant l'avant de la robe de chambre un peu plus étroitement autour d'elle.

— Je suis vivante.

Lisa posa le café et fit le tour de l'îlot. Elle écarta les bras en grand.

— Je sais que je ne suis pas Tamara, mais si tu en as besoin, elle m'a appris tout ce que je sais sur les étreintes.

Un rire tremblant échappa à Hanna alors qu'elle s'avançait et s'autorisait à être enveloppée dans une étreinte puissante et chaleureuse.

— Merci.

Lisa lui tapota le dos avant de la lâcher et de retourner à la cuisinière.

— J'ai lancé un appel pour t'obtenir des vêtements. Tamara et moi te proposerions bien les nôtres, mais tu nagerais dedans. Kelli James, qui travaille ici, fait davantage ta taille. Elle a dit qu'elle apporterait quelques trucs pour te dépanner. Et entre Sasha et Emma, nous trouverons des choses pour Crissy.

Hanna se concentra sur son mug de café alors que sa gorge devenait de plus en plus serrée. Elle inspira profondément puis leva les yeux et hocha la tête.

— J'apprécie vraiment.

— Pas de problème, répondit Lisa avant de s'affairer devant la cuisinière. Tamara se lèvera dans un petit moment. Cette grossesse lui en fait voir de toutes les couleurs, alors elle essaie d'éviter de bouger jusqu'à ce que nous en ayons fini avec la nourriture et les boissons.

Lisa ordonna à Hanna de prendre son mug et de s'asseoir près du feu, et cette dernière n'eut pas la force de protester. Elle ignora les fauteuils et s'installa sur le sol devant les flammes, étant donné la grande différence que ça faisait d'avoir cette chaleur et ce confort comparé à la terreur complète de la nuit précédente.

Une chose était sûre, elle ne pourrait pas abuser trop longtemps de ses amis en restant à Silver Stone.

Cette décision fut rendue encore plus claire quand Tamara

entra dans la pièce une heure plus tard environ, affreusement pâle alors qu'elle se déplaçait avec précaution vers une chaise et grignotait des crackers.

— Désolée de ne pas être plus utile, s'excusa Tamara. Je ne me moquerai plus jamais de quelqu'un qui a une nausée matinale.

— C'était plutôt sérieux pour moi pendant les trois premiers mois avec Crissy, révéla Hanna.

— Je suis dans mon deuxième trimestre, et en fait, ça a empiré, dit Tamara en lui lançant un sourire penaud. Mais bon, créer un bébé demande du travail.

— Ça en vaut la peine, acquiesça Hanna.

Puisqu'on était samedi et qu'ils ne devaient emmener les filles nulle part, cela devint une sorte de soirée pyjama. Crissy s'installa avec Sasha et Emma et trouva quelques tenues à emprunter. Les prêts proposés arrivèrent pour Hanna, et elle prit une autre douche avant d'enfiler un jean usé qui lui allait à peu près.

Ce fut juste après le déjeuner que Tamara se leva et proposa à Hanna d'aller en ville pour voir son appartement.

— Je me sens assez bien pour aller avec toi. Tu peux laisser Crissy ici.

— Je m'occupe des filles, promit Lisa.

Ce qui était une bonne chose, car Hanna ne voulait pas que sa fille soit exposée aussi vite à cette scène.

Les flammes avaient été remplacées par une pile fumante de débris et de piliers porteurs noircis. Des stalactites tombaient des décombres comme de l'art moderne tordu. Même la beauté du gel et de glace ne pouvait pas transformer la destruction en quelque chose de moins horrifiant que la réalité.

Il ne restait rien.

Tamara passa un bras autour d'elle.

— Je suis désolée.

— Moi aussi, répondit Hanna en baissant les yeux au sol.

Vers les baskets qui étaient sa seule paire de chaussures. Un pantalon emprunté, un manteau emprunté. Elle n'avait vraiment plus rien.

Mais elle avait Crissy, et c'était plus que suffisant.

Elle leva résolument le menton. Elle avait débuté sans rien, et même si ça faisait mal de penser à tout le travail que ce serait de recommencer, elle pouvait le faire.

Elle se tourna vers Tamara et tenta de sourire.

— Merci de nous avoir accueillies hier soir.

— Vous pouvez rester aussi longtemps que nécessaire, proposa Tamara. Nous devrons simplement jongler un peu.

Hanna hocha la tête.

— Peux-tu m'emmener près de la caserne des pompiers ? Le TSU d'hier soir m'a dit que je devrais passer parce que les services d'urgence auraient des informations pour moi.

Elles retournèrent à la camionnette, mais Tamara marqua une pause, appuyant sa tête contre la vitre.

— Désolée. Je crois que tu vas devoir conduire.

C'était un peu juste, mais après avoir ajusté le siège et en se tenant aussi droite que possible, Hanna pouvait atteindre les pédales et voir par le pare-brise. Elle roula lentement jusqu'à la caserne, essayant d'éviter les nids-de-poule sur la route tandis que Tamara serrait les dents et essayait d'afficher un visage joyeux.

— Reste ici, proposa Hanna. Je n'en ai pas pour longtemps.

Elle se hâta vers le bureau de la caserne.

Brad était arrivé au travail une heure plus tôt après avoir vérifié le site du feu. Ils avaient accroché des balises autour de la zone pour empêcher qu'on vienne y fouiner, mais il ne restait pas grand-chose à fouiller.

Il aurait aimé prendre des choses dans l'appartement quand il en avait eu l'opportunité, mais c'était un regret inutile. Crissy était vivante, et Hanna aussi. C'était tout ce qui comptait.

Il imaginait le visage de Hanna quand la porte s'ouvrit et soudain elle était là, l'air un peu perdue et confuse. Il ne lui reprochait aucune de ses réactions.

— Hanna.

Elle tourna la tête dans sa direction, ses grands yeux marron dont il avait rêvé bien trop souvent se concentraient sur lui avec intensité. Un étrange sourire lui incurva les lèvres, et elle le retrouva au milieu de la pièce et, sans hésitation, passa les bras autour de lui et le serra.

Il ne savait pas vraiment quoi faire de ses mains. Ce qu'il voulait faire, c'était l'étreindre tout aussi fort, mais au lieu de ça, il la tapota gentiment, s'assurant qu'elle pouvait s'échapper quand elle le voudrait.

— Comment vas-tu ce matin ? Comment va Crissy ?

Hanna recula comme si elle était surprise par sa hardiesse, les joues rouges.

— Je ne pense pas qu'elle l'ait intégré pour l'instant. Elle passe la journée chez ses copines, et c'est la chose la plus importante pour elle.

Brad hocha la tête.

— J'espère que ça va continuer, mais si elle a besoin d'aide, ou toi, nous avons des numéros de contacts à qui parler après un sinistre.

Elle semblait distraite.

— Le TSU a dit qu'il y avait des services d'urgences auxquels je pouvais avoir accès. J'ai une assurance locative, mais je ne sais pas combien de temps ça va prendre pour que je touche de l'argent. Et j'ai besoin d'un endroit où loger.

Il se dirigea vers le tiroir où les informations étaient rangées alors qu'il demandait :

— Je croyais que tu étais allée à Silver Stone ?

Hanna croisa son regard, et cette détermination inébranlable qu'il avait déjà vue était de retour.

— Ce sont de bons amis, et ils ont proposé de nous aider, mais je ne peux pas y rester pendant plus de quelques nuits.

Il poussa la feuille vers elle, se demandant quel était le problème.

Quelque chose avait dû apparaître sur son visage parce que Hanna secoua la tête.

— Ils veulent que je reste, mais Tamara est enceinte, et elle a des nausées matinales vingt-quatre heures sur vingt-quatre. Je ne peux pas ajouter deux invités à ce stress.

— *Aaah.*

Il lança un coup d'œil à la page sous ses doigts qui fournissait des informations sur le refuge pour femmes. Le plus proche était à Black Diamond, à quarante-cinq minutes de route. Il réfléchit à ce qu'il savait sur les amis de Hanna, et il était sûr qu'il y avait quelqu'un du coin qui pourrait lui offrir un logement temporaire.

Ce fut pour ça qu'ils furent tous les deux choqués quand les mots suivants qui sortirent de sa bouche, imprévus, mais totalement parfaits, furent :

— Tu peux loger chez moi.

Elle écarquilla les yeux de la taille de soucoupes.

Il se dépêcha de se corriger et de s'expliquer.

— Je veux dire, chez mon père et moi. La maison au ranch de Lone Pine a une demi-douzaine de chambres, et il n'y a que nous deux. Il n'y a pas de raison pour que tu n'en utilises pas deux, et pour être honnête...

Il réfléchit rapidement, essayant de trouver une excuse qui la tenterait.

— … Ça me serait très utile.

Hanna ouvrit et referma la bouche, mais aucun son n'en sortit.

Ce qui n'était pas grave, parce qu'il semblait soudain que Brad avait plus qu'assez de mots pour eux deux.

— Mon père n'est pas dans son assiette dernièrement, et ce serait bien d'avoir de la compagnie pendant les fêtes. Ma mère est morte il y a deux ans le jour de Noël, et elle lui manque. T'avoir avec Crissy serait bon pour lui. Bon sang, Patrick adorerait probablement jouer les baby-sitters pendant que tu travailles.

Il déraillait. Il déraillait complètement. Mais d'un autre côté, il s'en fichait du moment qu'il trouvait un moyen de la faire de nouveau sourire. La réalité était qu'elle avait tout perdu, et ça n'avait pas de sens pour elle de sourire, mais cela le tuait de la voir comme ça.

Le téléphone sonna et Brad alla répondre, ce qui voulait dire que si Hanna voulait se précipiter vers la porte ce serait le moment parfait.

Seulement, quand il eut terminé de répondre à la question sur les permis des feux de camp de Noël et revint au bureau, elle était toujours là. Elle avait ramassé la feuille qu'il lui avait laissée avec les informations sur les contacts d'urgence, le nez plissé d'une manière adorable.

— Un refuge pour femmes. C'est pour les femmes qui ont été maltraitées.

Elle secoua la tête.

— Nous ne pouvons pas y aller. Nous ne pouvons pas prendre la place de quelqu'un dont la vie pourrait en dépendre.

— C'est pour toute personne qui en a besoin, signala-t-il à contrecœur.

Elle fronçait maintenant les sourcils, la détermination entrait de nouveau en jeu.

— Ton père fait du bénévolat à l'école de Crissy.

Brad hocha la tête. C'était une des choses que Patrick avait commencé à faire au cours des cinq dernières années alors qu'il ralentissait le travail dans le ranch.

— Il a dit que c'était beaucoup plus confortable de travailler dans une salle de classe chauffée que dans une écurie froide.

Hanna regarda son visage.

— Je le connais. Je l'ai rencontré un certain nombre de fois quand j'aidais dans la classe. Tu penses vraiment que ça ne le dérangerait pas de faire le baby-sitter pour Crissy quand je travaillerai le soir ?

Nom d'un chien, elle envisageait vraiment son offre.

— Nous devrions le lui demander.

— Parce que je ne veux pas devoir emmener Crissy en ville avec moi, et je ne pense pas que Mme Nonnie viendra en voiture à la campagne.

Son regard ferme s'éloigna et ses joues rougissaient plus vivement.

— Mais si nous faisons ça, juste parce que nous serons dans la même maison... *Si* j'accepte ton offre, ça ne veut pas dire...

Elle déglutit péniblement.

— Je ne vais pas... enfin, je sais que nous étions en train d'essayer de sortir ensemble, mais...

— Oh, non. Ce n'est pas... je veux dire...

Bon sang, il était à peu près aussi décontenancé qu'elle. Il se racla la gorge puis attendit que le regard de Hanna se lève vers le sien.

— Nous *sortons* ensemble, mais je te promets que rien ne se passera au-delà des limites que tu dresseras. Ça veut dire que si tu emménages et que nous ne faisons rien de plus que partager parfois une table, ou regarder une série avec Crissy et mon père, alors c'est tout ce qui se passera pendant que tu seras sous mon toit.

Même s'il voulait bien plus, ce n'était pas le moment et *certainement* pas le lieu. Mais tout en lui hurlait de lui offrir ce fragment de protection et de réconfort, surtout à l'approche des fêtes.

Hanna pencha légèrement la tête, et l'examina comme si elle vérifiait la liste des gentils et des méchants du père Noël pour voir où son nom avait atterri.

Après une pause qui sembla durer pendant une éternité, Hanna parla.

— Tu devras me laisser aider pour la cuisine.

— Tout ce que tu voudras, dit-il, doucement taquin. Surtout si ta cuisine produit des gourmandises de Noël. J'achèterai les ingrédients et tu fourniras la main-d'œuvre.

Son doux sourire réapparut brièvement.

— Bec sucré ?

Il hocha la tête.

— Il semble que je ne puisse pas me lasser des douceurs.

Il la regardait un peu trop intensément quand il sortit ses mots, et elle se mit à rougir, mais ne s'enfuit pas.

— Nous devrions d'abord le demander à ton père, au sujet du baby-sitting.

S'il devait payer son père pour s'assurer qu'il soit d'accord, Hanna et Crissy allaient devenir leurs invitées, quoi qu'il lui en coûte.

— Je vais l'appeler puis je te tiens au courant.

Elle sourit avec ironie.

— Peux-tu le faire maintenant ? Parce que je n'ai pas de téléphone portable actuellement. Je peux attendre.

Il composa le numéro de son père et expliqua rapidement la situation. Patrick, bien sûr, lui assura que ça ne serait pas un problème, et suggéra que Hanna et Crissy se joignent à eux pour le dîner.

Le soulagement sur le visage de Hanna était clair quand Brad partagea la nouvelle.

— Ça me donnera du temps pour rassembler nos affaires.

Elle plissa le nez et grimaça, se rendant probablement compte que ça n'allait lui prendre que cinq minutes pour le faire.

Il entreprit de lui offrir un tapotement ferme et rassurant sur l'épaule.

— Alors nous vous verrons ce soir. Si tu peux faire en sorte que Caleb Stone te dépose après dix-sept heures, je serai là et je te ferai visiter.

Elle s'en alla et les flocons de neige qui entrèrent en tourbillonnant derrière elle fondirent à l'instant où ils touchèrent le sol. Brad la fixa par la fenêtre alors qu'elle grimpait dans un pick-up surdimensionné et s'éloignait prudemment.

Il restait neuf jours avant Noël, et Hanna Lane emménageait avec lui.

4

———————

Ça ne lui demanda pas trop d'effort pour convaincre Tamara du changement d'hébergement, ce qui attestait en soi que Hanna avait fait le bon choix.

Tandis que Hanna ramenait prudemment la camionnette à Silver Stone, Tamara avait appuyé son visage contre la vitre fraîche et avait l'air misérable.

— Je suis désolée. Je suis une affreuse amie.

— Ne sois pas bête. C'est déjà assez terrible d'être malade. Tu n'as pas besoin de te sentir coupable en plus.

Hanna pensa à quelque chose.

— J'ai bien un service à te demander, continua-t-elle, en dehors des choses que tu fais déjà, comme nous prêter des vêtements.

— Tout ce que tu veux. Enfin, tout sauf danser la gigue ou cuisiner des oignons, plaisanta Tamara.

C'était difficile de demander de l'aide, mais ce n'était pas possible de l'éviter. Hanna ne pouvait pas se permettre de louer un véhicule, et vivre à la campagne signifiait qu'elle ne pouvait pas aller à pied sur ses lieux de travail.

41

— Y a-t-il un autre véhicule dans le ranch que je puisse emprunter pendant quelque temps ? Le mien va rester au garage pendant un moment pour faire refaire la carrosserie.

— Bien sûr. Nous allons demander à Caleb, et il t'arrangera ça, répondit Tamara en lui lançant un coup d'œil, un sourire triste aux lèvres. Tu n'as vraiment pas eu de chance, n'est-ce pas ?

— Nous nous en sommes sorties vivantes.

C'était le plus important, et Hanna allait se concentrer là-dessus.

À Silver Stone, les filles avaient construit une cabane de couvertures, drapant le tissu sur le canapé et des coussins stratégiquement positionnés. Mais quand Hanna appela Crissy, celle-ci s'approcha avec Emma à ses côtés, leurs doigts entrelacés.

— Est-ce que tu t'es bien amusée ? demanda Hanna.

Crissy hocha la tête.

— Lisa, la tata d'Emma, nous a fait des sandwichs au fromage fondu et de la soupe à la tomate pour le déjeuner.

— Ça devait être délicieux, dit-elle en attrapant la main libre de Crissy. Maman nous a trouvé un endroit où loger pendant un petit moment jusqu'à ce que nous trouvions une nouvelle maison.

Emma fronça les sourcils.

— Je veux que Crissy reste avec moi.

Hanna s'apprêta à la rassurer en lui disant qu'elles se rendraient souvent visite, mais ce fut Crissy qui parla.

— Papa Noël a dit qu'il allait s'occuper de moi, tu te souviens ?

La confusion s'infiltra, en tout cas du côté de Hanna.

Mais le visage d'Emma s'illumina, comme si elle comprenait tout à fait ce qui se passait.

— D'accord. Tu veux emprunter une peluche ? Tu ne

peux pas avoir le Professeur G parce que je lui manquerais, mais tu peux prendre quelqu'un d'autre pour venir dormir avec toi.

Sans un mot de plus pour se plaindre, Emma et Crissy filèrent hors de la pièce pour lui trouver un ami à emprunter.

Hanna erra dans la cuisine, avec un peu l'impression d'avoir été frappé par un camion. Tamara avait disparu dans sa chambre pour s'allonger après avoir fait tomber de ses lèvres une profusion d'excuses jusqu'à ce que Hanna lui ait lancé un regard noir et lui ait fait quitter la pièce.

Lisa posa une assiette devant Hanna.

— J'ai entendu dire que tu as trouvé un endroit où loger ?

— Un des...

Hanna marqua une pause. D'accord, cela allait être plus gênant qu'elle ne l'avait imaginé. Elle se contenta des informations de base.

— Un des pompiers a de l'espace, alors nous allons loger là-bas jusqu'à ce que nous trouvions quoi faire ensuite.

Lisa s'installa sur le tabouret à côté d'elle.

— Je sais que Tamara adorerait vous avoir ici si elle se sentait mieux, mais sa grossesse ne coopère pas. Je suis là pour prendre la relève, alors j'ai volé la chambre d'amis. Avec les fêtes, nous avons de la famille qui va venir nous rendre visite durant les deux prochaines semaines.

— Ne t'excuse pas non plus.

Hanna prit une grosse bouchée du sandwich coulant au fromage et laissa la chaleur l'envahir avant de pousser un soupir de contentement.

— Je sais que si nous avions eu *besoin* de rester vous auriez fait en sorte que ça marche, mais ça va aller.

Un toit au-dessus de leurs têtes et un baby-sitter intégré. Que des choses positives, surtout si elle ignorait le papillonnement d'anticipation dans son ventre quand elle pensait au fait qu'elle allait vivre dans la même maison que Brad Ford.

Tous ces muscles et cette virilité, et pourtant il avait été d'une telle gentillesse et d'une telle prudence quand il l'avait invité à se joindre à lui et à son père. Et il avait promis que rien ne se passerait si elle ne le voulait pas pendant qu'elles vivraient là-bas...

Ce fut là que le papillonnement devint encore plus fort, parce qu'en vérité, elle voulait que quelque chose se produise.

Caleb Stone réussit à lui trouver un véhicule à utiliser. La camionnette était légèrement plus petite que le bateau que Tamara lui avait fait conduire plus tôt dans la journée, malgré tout plus robuste que sa voiture. Et alors que Crissy faisait signe de la main à ses amies et que Hanna se dirigeait à travers la neige vers le ranch de Lone Pine, l'impression d'être projetée dans une étrange *histoire dont vous êtes le héros* l'envahit de nouveau.

— Est-ce que je pourrais avoir ma propre chambre ? demanda Crissy.

— Oui, mais souviens-toi que nous sommes des invités chez eux. Nous devons être polies et bien nous tenir. Et Mr Ford s'occupera de toi quand maman devra aller travailler le soir.

Crissy prit un instant pour intégrer ça.

— Pas Mme Nonnie ?

— Pas pour l'instant.

Une autre pause.

— Je devrais faire une carte de Noël pour Mme Nonnie.

Résilience, ton nom est Crissy.

— C'est une bonne idée.

Crissy se tourna vers Hanna, posa une main sur son bras alors qu'elle annonçait d'un ton excité :

— Je vais faire des cartes de Noël pour tous les pompiers. Parce qu'ils nous ont aidées.

La gorge de Hanna se serra.

— Ils nous ont bien aidées, n'est-ce pas ?

Les doigts de sa fille s'entrelacèrent aux siens pendant un instant jusqu'à ce que Hanna doive libérer sa main pour pouvoir utiliser les deux sur le volant tandis qu'elles montaient la longue allée sinueuse. En haut de l'arête, le pavillon principal du ranch de Lone Pine apparut. Des planches patinées ornaient l'extérieur, et de grands arbres l'entouraient.

— Regarde, maman, dit Crissy en pointant le haut du toit où la fumée sortait de la cheminée. La cheminée de Papa Noël.

Hanna se mit à rire, le son la surprenant.

— J'espère vraiment qu'il ne descend pas en ce moment, ou il va se brûler les pieds.

— Papa Noël ne peut pas se brûler, l'informa Crissy.

Ça expliquait tant de choses.

Hanna se gara sur une place de parking près de deux camionnettes bien plus grosses, prit une profonde inspiration avant de faire le tour pour aider Crissy. Elle donna à la petite fille le sac qu'Emma lui avait prêté puis lui tendit la main alors qu'ensemble, elles marchaient jusqu'au porche de devant. Aux fenêtres, des lumières vives vacillaient comme si c'étaient des bougies.

Crissy émit un léger son d'émerveillement alors qu'elle regardait vers les arbres où un groupe de cerfs leva la tête pour leur rendre prudemment leur regard.

— Est-ce que ce sont des rennes ? demanda-t-elle dans un chuchotement émerveillé.

À cette distance, Hanna ne pouvait pas le dire.

— Probablement des cerfs de Virginie.

— Ils sont amis avec Rudolph.

Crissy l'avait dit avec tant de conviction que Hanna n'eut pas le cœur d'ajouter autre chose. Puis la porte s'ouvrit, et la chaleur qui se déversait apporta l'odeur du rôti de bœuf et de la cannelle.

Brad s'écarta alors qu'ils les accueillaient à l'intérieur.

— Posez vos affaires n'importe où.

Crissy retira ses bottes et les posa prudemment sur le tapis, plaça soigneusement le sac près de ses orteils avant de revenir et d'attraper Hanna par la main, soudain intimidée.

Un petit rire profond emplit l'air. Hanna lança un coup d'œil de l'autre côté de la pièce où un homme, qui était bien plus petit que Brad se tenait avec les mains posées sur deux cannes. C'était son père, son visage était familier, mais alors que Brad était rasé de près à la fois sur le menton et la tête, les cheveux et la longue barbe de Patrick Ford étaient devenus blancs comme la neige.

Les lèvres de celui-ci s'incurvèrent.

— Eh bien, voyez qui est venu nous rendre visite.

Le visage de Crissy rayonna comme si quelqu'un avait illuminé Times Square.

— Mr Patrick, cria-t-elle en traversant la courte distance du vestibule tout en se précipitant vers lui.

ALORS QUE BRAD avait craint que ce moment soit gênant, il se transforma un peu en une mêlée générale. Crissy s'accrochait aux genoux de son père pendant que Hanna les regardait avec un sourire indulgent avant de se tourner vers lui.

— Patrick et moi nous sommes rencontrés il y a un certain nombre d'années. Évidemment, Crissy le connaît aussi.

Patrick serra la petite fille doucement avant de se tourner et d'offrir un sourire en direction de Brad. Probablement fier d'avoir réussi à le rouler dans la farine. Il n'avait pas dit un mot en dehors du fait qu'il était content d'aider des gens dans le besoin durant les fêtes.

— Je suis un lecteur bénévole dans la classe de Crissy. Elle aime quand je fais les voix, comme toi quand tu étais petit.

Crissy resta bouche bée devant Brad avant qu'un gloussement de petite fille ne lui échappe.

— Tu aimes les voix ?

Son père hocha la tête, plus sérieux maintenant.

— Crissy, je suis désolé pour ta maison, mais en attendant, je suis content que tu sois venue habiter avec nous. Je pense que nous allons bien nous entendre.

— Merci de nous avoir offert un endroit où loger, déclara Hanna doucement.

Patrick agita une main.

— Content d'être utile. Le dîner sera prêt dans une demi-heure, alors nous avons le temps de vous installer.

Il leur fit signe de sortir de la salle de séjour vers le long couloir.

— Les premières pièces sont le bureau et une salle de bain. Puis la maison se sépare dans deux directions. Ma chambre est à l'extrémité de ce couloir, expliqua-t-il en pointant le côté droit. Et la chambre de Brad est au bout par là.

Une sonnerie retentit à l'arrière, et son père fit signe à Brad de s'en occuper.

— Mets le rôti sur la cuisinière, ordonna-t-il. Je vais installer les filles.

Ce qui soulagea Brad, car cela lui épargnait la gêne qu'il aurait ressentie en essayant de trouver dans quelles chambres exactement les mettre. Il y avait quatre chambres non utilisées, mais seule une avait accès à une salle de bain attenante. Ce serait le plus logique d'y loger Hanna, mais...

C'était la chambre à côté de la sienne. Impossible qu'il

puisse suggérer qu'elle l'utilise sans que cette proposition ne soit pas mal interprétée.

Non, il valait mieux laisser le destin dont le nom s'épelait P A T R I C K, prendre le contrôle ici.

C'était étrangement approprié d'avoir plus de gens autour de la table. Crissy demanda de l'aide à Patrick pour couper sa viande, et Hanna regardait chaque geste à la recherche de signes de gêne. Elle se détendait alors que le temps passait, et qu'il était clair que sa fille était vraiment à l'aise avec Patrick et Brad.

Brad était celui qui se sentait incroyablement gêné. Étrangement, ils arrivèrent à la fin du repas sans qu'il se soit emmêlé les pinceaux ou n'ait fait tomber quoi que ce soit quand il avait fait passer la nourriture autour de la table. Et ensuite, quand Hanna insista pour faire la vaisselle, Patrick offrit un balai à Crissy et lui dit qu'elle aurait des tâches à effectuer tous les jours aussi.

Crissy parla doucement.

— Maman dit que je suis douée pour les corvées.

— C'est bon à savoir. J'aime avoir de l'aide, dit Patrick avant de regarder Crissy attentivement. Comment tu t'en sors pour faire des câlins aux chatons ?

Une petite fille était sur le point de sauter au plafond, sa douceur envolée.

— Vous avez des *chatons* ?

Tandis que Patrick demandait la permission à Hanna d'emmener Crissy dans l'écurie la plus proche pour rendre visite aux chatons, Brad fut obligé de sourire. Il savait que Patrick s'épanouirait ainsi – pendant toute leur jeunesse, leur père avait été celui qui avait nourri leur amour des animaux. C'était leur mère qui l'avait encouragé à devenir pompier.

Brad rangea les restes avant de rejoindre Hanna devant l'évier.

— Crissy s'en sort bien.

Hanna déplaçait lentement l'éponge sur l'assiette, tout en hochant la tête.

— Elle parle tout le temps de Mr Patrick. C'est pour ça que j'ai pensé que ça pourrait marcher pour nous de venir ici un moment. Cela devrait rendre les choses plus faciles pour elle.

— Bien, alors, je suis content que nous puissions vous aider.

Seulement, il l'observait attentivement, et elle était toujours en train de laver la même assiette que lorsqu'il s'était approché d'elle. Il la lui retira des mains et la posa sur l'égouttoir avant de la faire pivoter vers lui.

— Et toi, comment vas-tu ? demanda-t-il.

Elle luttait pour s'empêcher de pleurer, c'était évident. Il resta là et attendit un signe pour voir ce qu'elle voulait.

Hanna prit une inspiration tremblante, déglutit péniblement puis ouvrit la bouche pour demander d'un ton hésitant :

— Je peux avoir un câlin ?

Oh Seigneur.

— Bien sûr, mon sucre.

Ce n'était pas la même chose que lorsqu'elle l'avait surpris au bureau. À ce moment-là, son étreinte avait été féroce et déterminée, comme si le mouvement avait jailli de son corps presque de la même manière que son invitation à loger avec eux. Contrairement à celle-là, cette étreinte n'était pas pour donner, mais pour recevoir.

Hanna s'appuya contre lui, et il l'enlaça. Il garda son contact innocent en lui offrant sa force. Ils restèrent là pendant cinq bonnes minutes, le visage de Hanna tourné et pressé contre son torse, les bras passés autour de lui l'agrippant comme si elle n'était pas encore prête à se tenir sur ses deux pieds.

Elle avait bien assez tenu dessus toute seule pendant les vingt-quatre dernières heures, de l'avis de Brad.

Lentement, sa respiration s'apaisa, et quand elle le serra une dernière fois avant de reculer lentement et de s'essuyer les yeux, il attendit un instant pour qu'elle puisse se reprendre. Quand il lui tendit une boîte de mouchoirs, elle poussa un rire tremblant.

— Désolée pour tout ça.

Brad émit un son moqueur, et elle redressa brusquement la tête, surprise.

— Sérieusement ? Ne t'excuse pas d'avoir besoin d'un câlin. Non seulement je le comprends, mais je suis surpris que tu n'aies pas fait une crise de nerfs. Et ce n'est pas un jugement personnel envers toi. Être impliqué dans un incendie est traumatisant.

— Tu l'as dit, répondit-elle d'un ton pince-sans-rire.

Elle recula davantage et lui sourit.

— D'accord, continua-t-elle, je promets que je n'enchaînerais pas avec une crise de nerfs ni à te pleurer dessus. Pourquoi est-ce que tu ne me dis pas quels sont tes cookies préférés ? Je pourrai commencer à les préparer demain.

Crissy revint en courant dans la pièce quelques minutes plus tard, suivie par Patrick qui avait l'air ravi alors qu'il avançait dans la pièce, appuyé sur ses deux cannes.

— On dirait que nous avons une câlineuse de chats très talentueuse à notre service, informa-t-il Brad.

— Il y a quatre chatons, dit Crissy alors qu'elle se blottissait contre Hanna, levant la tête vers elle avec des yeux emplis d'amour. Et aucun d'eux n'a encore de nom. Mr Patrick a dit que je pouvais leur en donner un.

— C'est un cadeau spécial, déclara Hanna en lançant un coup d'œil à Patrick. Merci.

Elle ne le disait pas que pour les chatons, et il était évident qu'il le savait, car il hocha la tête puis lui lança un clin d'œil.

— Ma série préférée commence dans quinze minutes. Quelqu'un veut se joindre à moi ?

Crissy le suivit dans la salle de séjour, mais Hanna hésita dans la cuisine.

— Je peux utiliser votre téléphone ? Il faudrait que je passe des coups de fil pour voir ce qui va se passer pour le logement et tout le reste.

Brad lui montra où se trouvait leur ligne fixe, puis s'en alla vers une des pièces à l'arrière pour appeler la Police Montée et vérifier à nouveau s'ils avaient besoin de quelque chose pour leur enquête qui requerrait d'interroger Hanna. Il ne voulait pas qu'elle soit surprise. Il pensait que s'il pouvait l'avertir, ce serait probablement mieux.

Il s'avançait vers sa chambre quand il se rendit compte que la porte de l'autre côté de la sienne était ouverte. Et même s'il n'y avait pas grand-chose dans la pièce, une robe de chambre était posée sur le lit et une paire de chaussons attendaient sur le sol à côté. De plus petits chaussons que ceux qu'il portait, mais bien trop grands pour être ceux de Crissy.

Il allait offrir à son père soit quelque chose de merveilleux pour Noël, soit un morceau de charbon.

Brad sortit pour se rendre aux écuries s'occuper des derniers animaux qu'ils possédaient. Les chevaux posèrent leurs naseaux contre sa main, et Brad apprécia le rythme détendu, mais même la familiarité de cette tâche ne suffisait pas à le distraire de sa situation actuelle.

Hanna Lane était dans sa maison. La douce Hanna, déterminée et sensible, qui au cours de la journée écoulée avait orienté ses pas sur un autre chemin que celui auquel il s'attendait. Oui, il voulait sortir avec elle. Eh oui, ses projets avaient toujours inclus la saveur nébuleuse d'une *famille* et d'un *avenir*.

Mais c'était réel. L'avoir elle et Crissy ici dans sa maison avait transformé *un jour* en *très bientôt*.

Il erra dehors, donnant des coups de pied dans la neige et fixant le ciel étoilé, tuant le temps pendant qu'il laissait son esprit vagabonder, résolvant des problèmes comme il le faisait toujours, en utilisant ses pieds.

Il fallait encore s'occuper de son frère, et des autres casseroles familiales à régler, mais pour l'instant la seule chose sur laquelle il pouvait se concentrer, c'était elle. Et rester dehors dans le froid glacé semblait bien plus logique que de rentrer et de devoir lui faire face.

À un moment, pendant qu'il était aux écuries, les deux filles étaient allées se coucher et c'était probablement mieux ainsi. Malgré tout, ça voulait dire qu'il avait du mal à se préparer simplement à se coucher, fixant le mur entre leurs chambres et se demandant...

S'interrogeant simplement.

Quand enfin il s'endormit, son sommeil fut très agité, ce qui signifia que lorsqu'il se réveilla à six heures comme d'habitude, Brad trébucha dans la cuisine pour mettre en route la cafetière, s'arrêtant brusquement quand il se rendit compte que la verseuse était pleine. Et chaude.

Et qu'il n'était pas seul.

Brad se tourna lentement et cligna des yeux pour se réveiller. Hanna se raidit à table, le balayant de ses yeux alors qu'un rouge vif apparaissait sur ses joues. Son regard resta rivé sur sa taille, et ce fut là qu'il se rendit compte que, comme presque tous les matins, il ne portait qu'un pantalon de pyjama.

Le fait qu'elle ne semblait pas pouvoir détacher le regard de son corps faisait quelque chose d'agréable à son ego.

Mais quand d'autres parties de lui commencèrent à réagir, il passa prudemment derrière le plan de travail et agita la main.

— Désolé. J'ai oublié.

— D'abord le café, on utilise le cerveau ensuite ?

Elle leva les yeux vers les siens, et même si elle rougissait toujours intensément, elle souriait. Elle ricana carrément quand il prit son mug vide et essaya de prendre une gorgée.

— Hmm, Brad ? Tu prends quelque chose avec ton mug d'air ?

Il lui lança un regard noir sans le vouloir. Les lèvres de Hanna s'incurvèrent davantage.

Il croisa les bras sur son torse, et avec un grondement bas dans la voix, il répondit :

— Une lève-tôt joyeuse. Bon sang. J'annule l'invitation.

Hanna se mit à rire. Ce son pur et enjoué se déversa dans la cuisine et le ravit presque autant que le fait que ses yeux se baissaient de nouveau sur son corps d'un air appréciateur. Elle semblait aimer ses biceps.

Il appréciait qu'elle aime ses biceps.

Il pointa un doigt par-dessus son épaule tandis qu'elle se levait.

— Je vais aller chercher un haut.

— Je vais te verser du café. Noir ?

— Avec trois sucres, admit-il.

— Compris.

Elle s'activa devant le plan de travail, et il retourna à grands pas dans le couloir, mais un coup d'œil par-dessus son épaule lui annonça qu'elle reluquait en douce son postérieur pendant qu'il quittait la pièce.

Brad pouvait tolérer qu'elle soit une personne matinale.

5

Hanna mélangea une troisième cuillerée de sucre dans le café de Brad et se demanda si elle avait mis le pied dans un piège.

Probablement, mais elle n'était pas vraiment contrariée non plus. Pourtant elle devrait l'être. Elle ne savait que trop bien que quand elle suivait son instinct cela pouvait finir par être dévastateur et changer sa vie, mais une autre partie d'elle insistait sur le fait que là, ce n'était pas la même chose.

Quand à quinze ans elle avait été attirée par un certain garçon, cela avait suffi que l'attirance soit là. Agir sur cette excitation sexuelle naissance avait été une sorte de rite de passage. Seulement, dans son cas cela avait été trop loin. Ces tentatives tâtonnantes d'intimité avaient été intéressantes, mais sans plus.

Ce que cette première expérience *avait* réussi à faire, c'était qu'elle s'était retrouvée enceinte, mais même ça n'aurait pas été un désastre total si son partenaire s'était avéré être légèrement plus mature.

Mais il ne l'avait pas été, et maintenant elle était là avec une fille de huit ans, ce qui faisait de l'attirance sexuelle une chose dont elle était très consciente et pourtant à laquelle elle hésitait à répondre.

Brad n'est pas Jamie, lui disait son esprit, et elle le savait. Mais le savoir ne rendait pas l'eau moins effrayante quand il fallait sauter. Elle n'avait aucune idée de la profondeur de l'étang.

Crissy faisait la grasse matinée, ce qui était probablement une bonne chose après deux jours perturbants. Quelque chose cliqueta dans le couloir, elle se prépara et afficha un sourire, mais découvrit que c'était Patrick qui entrait dans la pièce.

Il lui lança un regard et émit un petit rire doux.

— Mlle Lane. Vous allez devoir arrêter d'être aussi nerveuse, ou vous allez me faire de la peine.

Elle remplit un mug de café et le lui tendit.

— Je ne suis pas nerveuse, mais ce que je veux plutôt c'est vous déranger le moins possible.

Patrick s'installa dans ce qui était à l'évidence sa chaise à table, passant les doigts autour du mug qu'elle lui avait donné.

— Eh bien, voilà sans aucun doute un ramassis de conneries. Excusez mon vocabulaire.

Il lança un coup d'œil par-dessus son épaule comme s'il cherchait Crissy.

Hanna retourna là où elle était assise avant que Brad ne l'interrompe.

— Elle fait la grasse matinée. Je ne m'attends pas à ce que ça arrive souvent, alors, ne comptez pas dessus.

— Nous sommes habituellement des lèves tôt ici. Brad peut partir à toute heure du jour et de la nuit, en plus des heures qu'il passe au bureau. Moi, je m'occupe.

Il hocha lentement la tête vers elle.

— J'ai hâte que vous et la petite demoiselle passiez du temps avec nous. C'est une grande maison pour un vieil homme seul et, peu importe tout le bénévolat que je fais, il y a beaucoup d'heures creuses dans la journée.

Elle entendit de nouveau un bruit dans le couloir. Cette fois, c'était Brad qui alla vers le plan de travail pour prendre le mug qu'elle lui avait laissé. Il but longuement avant de s'approcher de la table et de s'installer sans un mot.

Son père émit un son amusé.

— Tu es un vrai rayon de soleil, n'est-ce pas, fiston ?

Brad haussa simplement un sourcil et retourna à son mug.

Elle n'aurait pas dû être aussi amusée, mais le niveau de confort entre les deux hommes était puissant, comme si ces taquineries avaient commencé des années auparavant et continueraient encore longtemps.

Hanna tourna délibérément son attention sur Patrick alors qu'il faisait de grands gestes, mais elle était tout à fait consciente de la présence du grand pompier.

— Une fois que la petite demoiselle sera réveillée, Brad, j'ai pensé que tu pourrais sortir le traîneau et aller chercher un sapin, dit Patrick tranquillement. J'ai remis la décoration à plus tard parce que c'est une grande maison et que ce n'est pas utile quand il n'y a que nous deux. Mais puisqu'elle est là, nous ferions mieux d'égayer un peu la maison.

Il aurait été facile de protester que cela ferait trop de travail. Mais le pur bonheur sur le visage de Patrick, et la manière dont Brad lui lança un coup d'œil discret, comme s'il lui rappelait son commentaire d'essayer de rendre la saison des fêtes spéciale...

— Crissy sera aux anges si elle peut monter dans un traîneau tiré par des chevaux, déclara Hanna avant d'inspirer profondément et de hocher la tête en approbation vers Patrick. Pour dire la vérité, cette idée me rend heureuse aussi. Ça fait longtemps que je ne suis pas montée dans un traîneau.

— Tu as déjà fait du traîneau ?

La voix de Brad était rauque de sommeil, et suffisamment profonde pour faire apparaître de la chair de poule sur sa peau, mais elle resta polie en prétendant que c'était simplement un peu d'air froid dans la pièce.

— Nous faisions des promenades en traîneau chez moi quand j'étais petite.

Et ce souvenir était suffisant. Elle se força à sourire et pensa à une époque plus récente.

— Je crois me souvenir que lors de notre deuxième année à Heart Falls, le centre communautaire avait proposé des promenades en traîneau pour Boxing Day[1]. C'était autour du terrain de football. C'était amusant, mais ce n'était pas exactement la même chose que de se promener dans les collines et entre les arbres.

Brad la regardait avec de l'intensité dans ses yeux bleus comme s'il avait des questions qu'il retenait. Elle appréciait sa réserve, car il y avait certains sujets qu'elle n'avait pas envie d'aborder.

Le passé était le passé.

La conversation continua, et Patrick se leva et commença à sortir des poêles. Crissy entra dans la pièce, à moitié endormie, clignant intensément des yeux alors qu'elle trébuchait vers Hanna et grimpait sur ses genoux. Elle posa sa tête sur la poitrine de sa mère pendant qu'elle se réveillait lentement.

— Je pense que tu as trouvé un lit très confortable, la taquina Hanna.

Sa fille était encore suffisamment fatiguée pour ne pas se rendre compte que ce n'était pas une vraie question et répondit :

— Oui, seulement, il y avait un oreiller qui gratte. Je l'ai mis par terre, expliqua Crissy en baissant la voix pour chuchoter. Puis j'ai utilisé Winnie l'ourson comme oreiller.

— C'était malin, lui assura Hanna. Nous irons voir tout à

l'heure l'oreiller qui gratte pour bien l'arranger, mais tu dois te réveiller pour que nous puissions aller chercher un sapin de Noël.

Ses paroles lui firent de l'effet, comme si elle avait donné trois tasses de café à quelqu'un. Crissy se redressa, cligna rapidement des yeux pour repousser le sommeil qui s'attardait encore en elle.

— Un sapin de Noël ?

— Après le petit déjeuner, l'avertit Hanna.

— C'est vrai. Nous allons finir quelques pancakes puis nous sortirons pour trouver le parfait sapin de Noël. Tu penses que tu pourras nous aider ? demanda Patrick, à côté de la cuisinière où il retournait quelque chose qui sentait délicieusement bon.

Crissy pencha la tête.

— De l'aide pour manger des pancakes, ou trouver un sapin de Noël ?

Un grondement bas et amusé porta depuis l'autre côté de la table. Brad était un peu plus réveillé.

— Avec un peu de chance, les deux.

Il semblait que Crissy était plus que capable de démolir une pile de pancakes. Après elle se dépêcha d'enfiler quelques épaisseurs de vêtements empruntés.

Hanna termina d'aider Brad à charger le lave-vaisselle avant d'aller voir ce qu'elle pourrait mettre. Patrick les accueillit à la porte du débarras extérieur pour les couvrir d'épaisseurs supplémentaires avec des vestes de travail doublées en peau de mouton et de bonnets chauds.

Brad entra après avoir harnaché les chevaux, à temps pour aider Crissy à fourrer les mains dans une paire de mitaines trop grandes.

Elle se mit à rire, levant les paumes vers le ciel.

— J'ai l'air d'un bonhomme de neige, dit-elle.

Brad se tourna vers Hanna tout en prenant une autre paire

de gants sur l'étagère bien au-dessus de sa tête. Il les maintint ouverts, et elle glissa les mains dedans, très consciente de ses doigts qui lui frôlaient les poignets.

Comme il était légèrement penché, il se redressa, son regard fermement posé sur le sien avant qu'il ne brise le lien et ne tende une main à Crissy.

— Viens. Tu peux monter à l'avant avec moi et m'aider à guider les chevaux.

C'était trop simple de suivre, contente d'observer la joie de sa fille alors que Brad la soulevait et la posait sur le siège avant du petit traîneau.

Seulement, quand il se retourna pour la soulever aussi, elle recula, jetant un coup d'œil pour voir où se trouvait Patrick.

— Je croyais que ton père venait avec nous.

Brad secoua la tête.

— Il nous aidera à décharger le sapin, mais j'ai été un peu surpris qu'il le suggère. Avec ses jambes, la neige profonde est ingérable. Malgré tout, aller couper le sapin était une tradition pour lui et maman.

Hanna jeta un coup d'œil à la maison. À travers la fenêtre de la salle de séjour, Patrick était visible, se reposant dans le fauteuil, regardant dans le vide alors qu'il se balançait.

— Il va bien, lui assura Brad. Nous avons parlé pendant que je harnachais les chevaux. Il a simplement besoin d'un peu de temps.

Puis, avant qu'elle ne puisse protester, il passa les mains autour d'elle et la souleva aussi vers le siège. Sa prise puissante envoya des frissons à travers elle.

Il fit le tour des chevaux pour monter de l'autre côté. Le traîneau se balança sous son poids lorsqu'il s'installa. Crissy était assise entre eux, les yeux écarquillés sous la joie.

— Prête à aller trouver un sapin pour Mr Patrick ? lui demanda Brad.

Crissy hocha la tête.

— Nous allons trouver le plus beau sapin du monde.

Il fit claquer les rênes. Les deux chevaux secouèrent leurs têtes et avancèrent, les cloches sur leurs harnais sonnant d'un son joyeux alors qu'ils sortaient de la cour et montaient les collines vallonnées derrière la propriété.

La matinée était froide et revigorante, et Brad leur fit prendre le chemin le plus direct possible vers la section d'épicéas le long de la ligne électrique. C'étaient des arbres qui devaient être coupés régulièrement de toute façon, et alors qu'il guidait les chevaux le long du sentier, Crissy frissonna et pointait du doigt d'un air excité un sapin après l'autre.

— Celui-là a l'air d'avoir trois bras et qu'il cherche à se gratter le dos. Et regarde, maman. Celui-là a un chapeau haut de forme comme Frosty le Bonhomme de neige.

— Il a bien un haut-de-forme, acquiesça Hanna. Mais je ne pense pas que ça en ferait un très bon sapin à ramener à l'intérieur de la maison.

— Non, nous avons besoin qu'il soit joli pour Mr Patrick. Il a dit qu'il me lirait des histoires de Noël une fois que le sapin serait installé.

Elle se tourna et posa les mains sur le bras de Brad pour lui dire tristement :

— Tous mes livres ont brûlé, n'est-ce pas ?

C'était la première fois qu'elle parlait de l'incendie, de ce qu'il en avait entendu.

— Je suis désolé, mais oui. Peut-être que tu devrais dresser une liste de tes livres préférés, et nous verrons si nous pouvons les retrouver.

Crissy appuya la tête sur Hanna, soudain silencieuse.

Hanna passa un bras autour d'elle et la serra fort, un doux soupir lui échappant avant qu'elle ne se penche pour déposer un baiser sur la tête de sa petite fille.

— Je pense que nous allons bientôt trouver ce sapin parfait. Crois-tu que nous devons nous approcher discrètement de lui ? Pour qu'il ne s'enfuie pas ?

Un rire de petite fille sortit plus doux qu'auparavant, mais Crissy souriait quand même.

— Les sapins ne s'enfuient pas.

— Les bonshommes de neige non plus, mais dans une histoire tout peut arriver, signala Brad, baissant les yeux pour découvrir que Crissy le regardait avec des yeux écarquillés. Je pense qu'autrefois tous les sapins de Noël avaient l'habitude de s'enfuir.

Le silence tomba alors qu'il inventait une histoire, baissant la voix et l'élevant dans les moments dramatiques jusqu'à ce qu'il fasse de nouveau rire Crissy.

Alors qu'il regardait un sapin en se faisant la réflexion que ce serait probablement celui qu'ils devraient abattre cette année, elle pointa joyeusement du doigt celui-ci.

— Le voilà.

L'excitation la faisait vibrer.

— C'est notre arbre, continua-t-elle, il nous attend.

Alors qu'il s'arrêtait près de leur cible, Hanna le regardait avec quelque chose de bien différent de ce dont il se souvenait avoir vu auparavant.

Oh, ils n'étaient sortis ensemble que quelques fois, mais pour dire la vérité, il l'observait depuis bien plus longtemps que ça. Elle avait des expressions douces, d'autres fatiguées, et un rire gentil quand elle était avec ses amies.

Et en cet instant ? Il sentit son ventre se serrer différemment vu la manière dont elle le regardait. C'était comme si elle était fascinée. Et ce n'était pas simplement du désir… même lorsqu'elle se rendit compte qu'il lui rendait son regard, et qu'elle se mit à rougir.

Elle se pressa de descendre du traîneau.

Crissy dansait dans la neige, créant des sentiers circulaires alors qu'il sortait la hache pour couper le sapin. Hanna poursuivait sa fille, des rires s'élevant d'elles deux.

— Mr Brad. Vous devez jouer avec les fées, lui rappela Crissy.

Il rangea prudemment la hache sous le siège du traîneau avant de lever les bras, grondant comme s'il était un ours.

Hanna se mit à rire alors que Crissy posait les mains sur son visage et laissait sortir un cri, se retournant pour s'enfuir alors que Brad la poursuivait. Il la souleva d'un bras et continua à avancer, avant d'opérer un demi-tour et d'aller droit sur Hanna.

Son rire s'interrompit, et elle écarquilla les yeux lorsqu'il l'attrapa avec son autre bras puis les fit tourbillonner tous les trois avant de s'écraser dans la congère la plus proche.

Brad s'assura d'atterrir en dessous, œuvrant pour les protéger. Crissy atterrit donc d'un côté, faisant s'envoler un nuage de poudre qui retomba sur le dos de Hanna.

Celle-ci, cependant, avait atterri directement sur lui. Son poids léger le clouait à peine, mais ce qui fut certain c'était que tout son corps entra en contact direct avec le sien.

Après avoir pris une nouvelle respiration, Crissy exigea : « Des anges dans la neige », avant de bondir, de se déplacer à quelques pas puis de se jeter de nouveau dans la neige.

Hanna était toujours au-dessus de Brad, elle bougea ses bras lentement pour pouvoir presser ses paumes contre son torse. Elle déplaça prudemment ses jambes, ce qu'il apprécia vraiment, étant donné qu'un de ses genoux était posé directement sur un territoire sensible.

Le bras qu'il avait enroulé autour d'elle – il voulait l'utiliser pour la serrer plus fort contre lui, la tenir alors qu'il inversait leurs positions et la faisait rouler sous son corps. Il voulait lever son autre main, attraper sa nuque et attirer ses lèvres roses assez près pour l'embrasser.

Mais il la lâcha.

— Oup-là, chantonna Crissy en revenant à la rescousse. Est-ce que nous allons ramener le sapin maintenant ?

Brad se redressa en soulevant Hanna en même temps. Il se leva et épousseta délicatement la neige sur son jean. Il se déplaça prudemment, car cette rapide seconde de contact entre lui et Hanna avait suffi à enflammer son corps.

— Un autre arrêt puis nous prendrons le chemin du retour.

Hanna ne le regardait pas, mais elle souriait, et avait les joues rouges, mais pas juste à cause du froid, il en était sûr.

Il replaça Crissy sur le siège tandis que la petite fille discutait du parfait sapin de Noël posé sur le traîneau derrière eux. Il se tourna pour donner un coup de main à Hanna.

Elle passa précipitamment à côté de lui, plaça le pied sur le patin et grimpa sur le siège. Se tournant vers lui, la satisfaction était inscrite partout sur son expression d'être arrivée là avant lui. Brad émit un petit rire et prit place, laissant Crissy l'aider à guider les chevaux.

Il s'arrêta devant la vieille cabane en rondins en haut de la crête.

— La maison du père Noël, déclara Crissy en hochant la tête d'un air entendu.

Ça ressemblait bien à quelque chose qui sortait d'une carte postale, avec une épaisse couche de neige sur les avant-toits et les balustrades du porche.

— Je suis sûr qu'il l'utilise parfois quand il veut faire une pause, c'est pour ça que nous devons y jeter un coup d'œil pour nous assurer qu'il a tout ce dont il a besoin.

Cet endroit n'était pas très utilisé ces temps-ci sauf comme abri d'urgence, mais avec la vague de froid annoncée pendant les fêtes, Brad ne laisserait rien au hasard. Il descendit et s'avança vers le chalet, souriant lorsqu'une main se glissa dans la sienne.

— Est-ce que Papa Noël vit vraiment ici ? demanda Crissy avec un chuchotement de petite fille, le genre qui finissait presque à plein volume.

Brad secoua la tête alors qu'il tendait la main vers la porte et ouvrait le loquet.

— Non. Le père Noël vit au pôle Nord. Mais quand il est en vadrouille, il a besoin de logements.

— Les lutins aussi, signala Crissy.

Hanna les suivit à l'intérieur, le froid dans le chalet était vif. Une faible lumière brillait à travers les minuscules fenêtres.

— C'est un abri d'urgence ?

Brad croisa son regard.

— Oui. Pour quiconque en a besoin. En fait, si tu voulais loger ici, tu serais la bienvenue, mais c'est un peu loin pour emmener Crissy à l'école.

La petite fille explorait l'autre côté du chalet. Brad passa rapidement en revue sa liste pour s'assurer que les articles d'urgence étaient en place et que rien n'avait été déchiqueté par des animaux entrés en douce.

Hanna examina le logement avec une étrange expression. Un peu heureuse et triste.

— C'est cosy.

Il était sur le point de répondre quand un rire arriva de l'autre côté de la pièce. Hanna et lui se tournèrent vers Crissy qui les pointait du doigt. Ou plus précisément, pointait le dessus de leurs têtes. La joie bouillonnait en elle alors qu'elle couvrait la bouche de la main.

Hanna et lui échangèrent un regard puis penchèrent la tête en arrière. Directement au-dessus d'eux se trouvait un bouquet de feuilles vertes aux bords lisses avec des baies blanches brillantes, attaché avec un nœud rouge.

— Papa Noël a laissé du gui, dit Crissy avec une grande autorité. J'ai lu une histoire là-dessus à l'école. Ça veut dire que tu dois faire un bisou à Mr Brad, maman.

Un son doux échappa à Hanna alors que le cœur de Brad commençait à battre la chamade.

— Quel genre de livres est-ce que tu lis ? demanda Hanna dans sa barbe.

De très bons livres, de l'avis de Brad.

Il lutta pour garder son expression neutre tandis que Hanna se tournait vers lui. La faible lumière qui s'infiltrait par les fenêtres atterrissait sur son visage et rendait évidente l'inquiétude dans ses yeux.

— Nous ne sommes pas obligés, avança-t-il doucement.

À sa grande surprise – elle le surprenait toujours –, elle arqua le sourcil gauche.

— Je ne vais briser aucune des règles de Noël. Si nous sommes censés nous embrasser sous le gui, alors c'est ce que nous allons faire.

Elle l'attrapa par le col et l'attira vivement vers le bas et posa les lèvres contre les siennes, tendres et douces. L'instant dura plus longtemps qu'il ne s'y serait attendu, mais pas assez longtemps.

Il ouvrit et ferma les poings pour s'empêcher de l'attraper, voulant s'emparer d'elle et s'y accrocher fortement pour pouvoir continuer. Elle était pressée tout contre lui...

C'était tout ce qu'il allait avoir, alors il allait en savourer chaque seconde. Quand elle entrouvrit les lèvres pendant une très brève seconde et le lécha comme un chaton taquin, il en eut le souffle coupé.

Hanna recula, les joues rouges, mais souriant comme si elle

était contente d'elle. Elle lui tapota le torse puis se tourna vers sa fille avec un hochement de tête.

— Voilà. Un bisou sous le gui.

— À mon tour, exigea Crissy en se précipitant et en se jetant dans les bras de Hanna.

Brad recula et l'observa rire ouvertement alors qu'elle faisait tournoyer sa fille et déposait des baisers partout sur son visage. Un geste doux et aimant révélant la profondeur de leur lien.

Il vibrait après le bref contact qu'ils avaient échangé. Qu'est-ce que ce serait si Hanna s'offrait intégralement à lui ? Parfaite et pure, avec tout ce qui la constituait.

Il ne le savait pas, mais bon sang, il voulait le découvrir.

6

Il restait huit jours avant Noël, et Hanna Lane était agacée contre elle-même.

Elle avait passé le reste du trajet en traîneau à discuter avec sa fille comme si elle n'avait aucun souci, mais en cours de route elle avait à l'évidence perdu les pédales.

Ce n'était pas seulement parce qu'elle avait embrassé Brad, même si Dieu savait que c'était déjà assez grave. Le fait qu'elle avait perdu l'esprit devant sa fille, et les conséquences potentielles de ce genre de comportement l'avaient rapidement calmée malgré l'effervescence qui s'emballait dans ses veines.

L'embrasser avait été comme boire du lait de poule avec du rhum bien trop fort, avalant tout le verre bien trop vite.

Il s'arrêta pour les déposer à la maison.

— À moins que tu ne veuilles m'aider à ranger les chevaux, proposa-t-il à Crissy.

Crissy leva les yeux vers Hanna, la suppliant du regard.

— S'il te plaît, maman ? Je serai très gentille et j'écouterai bien tout ce que dit Mr Brad.

— Si tu es sûr ? dit Hanna en croisant le regard de celui-ci.

— Il n'y a pas de problème.

Il attendit pendant qu'elle descendait, répondant avec patience à la requête de Crissy qui voulait diriger les chevaux sur le reste du chemin. C'était bien trop à intégrer, et Hanna battit en retraite dans la maison, se glissant dans le domaine de Patrick comme si elle échappait à une dangereuse situation. Et peut-être que c'était le cas.

Regarder Brad avec sa fille n'était pas la bonne manière pour se maîtriser.

— Vous en avez trouvé un bien ? demanda Patrick appuyé sur le chambranle de la porte, les mains posées lourdement sur ses cannes.

Elle ravala ses inquiétudes, les ficelant étroitement, en tout cas pendant un moment. Ces personnes n'avaient pas cessé d'être gentilles, et elle ferait tout ce qu'elle pouvait pour respecter ses engagements, ce qui voulait dire avoir l'esprit des fêtes.

— C'est un sapin très joli. Brad a dit qu'il devait le mettre sur un support pour qu'il se réchauffe et absorbe de l'eau, alors nous ne pourrons pas le décorer avant demain.

Patrick hocha la tête.

— Mais vous pouvez m'aider à sortir les décorations. Elles sont rangées depuis un moment, et je ne peux pas en atteindre certaines avec ça.

Il tapota une main sur ses jambes avant de faire un geste vers l'arrière de la maison.

Une des pièces du côté de l'aile de Patrick avait dû être réservée à son épouse. Il ouvrit la porte et resta là, regardant tristement pendant un instant avant de se forcer à sourire et de pencher la tête.

— Il y a toutes sortes de machins ici. J'ai aménagé cette pièce pour Connie. Elle avait le plus grand placard qu'une femme aurait pu avoir, et elle l'a rempli de trucs à froufrous. Nous pourrions aussi bien les utiliser.

Hanna entra prudemment, comme si elle avait reçu l'opportunité de partager quelque chose de précieux et de magnifique.

Mme Ford avait été habile de ses mains, c'était évident. Maintenant, Hanna comprenait d'où venait le doux jeté tricoté drapé sur le dossier du canapé. Les points de croix sur les murs étaient à l'évidence aussi son œuvre. Cette pièce était remplie à ras bord de matériel créatif soigneusement organisé, y compris de fils et d'aiguilles à tricoter.

Le long d'un mur, deux tables robustes portaient deux machines à coudre. Une troisième table près de la porte était couverte de papier d'emballage. Entre elles se trouvait un canapé deux places à l'air confortable qui faisait face à la télé accrochée sur le mur.

Patrick s'avança à côté d'elle, soupira lourdement puis dit :

— Elle travaillait toujours sur quelque chose. Même après le départ des garçons. Elle l'appelait son antre de maman.

Hanna regardait encore autour d'elle quand Patrick pointa du doigt les portes coulissantes couvrant le troisième mur. Elle les poussa sur le côté et vit des rangées de boîtes de rangement Rubbermaid [1] empilées du sol au plafond. Chacune d'elles était clairement étiquetée d'autocollants d'un blanc éclatant marqués de couleurs vives.

— Il doit y en avoir une demi-douzaine qui disent décorations de Noël, signala Patrick. Je ne devrais pas vous demander de les porter. Brad pourra le faire quand il rentrera...

— Mr Ford, je suis parfaitement capable de porter des boîtes de décorations.

Il la regarda et sourit.

— *Patrick*, je suis parfaitement capable, etc. etc.

Elle tendit la main vers la première boîte, la posa facilement sur le tapis malgré son poids.

— *Patrick.* Je veux vous aider.

Il hocha la tête, puis leva les mains et souleva la boîte du dessus – celle qui était bien trop haute pour elle – et la posa sur le sol près de Hanna.

— Voilà. Nous ferons tous ce que nous pouvons.

Quand Crissy et Brad rentrèrent dans la maison, les boîtes étaient empilées près de la table de la cuisine et Patrick avait sorti les livres de recettes de son épouse pour monter ses recettes de fêtes préférées.

Pas qu'il exigeait qu'elle cuisine quoi que ce soit, mais la conversation était retournée sur les cookies en un remarquable court laps de temps.

Brad émit un petit rire alors qu'il mettait une casserole d'eau à bouillir.

— Je vois qu'il te tue déjà à la tâche.

Crissy grimpa sur la chaise à côté d'elle.

— Qu'est-ce que nous allons préparer, maman ?

— Des biscuits aux épices. Et des sablés.

— Des bonshommes de pain d'épices ? supplia Crissy. Pour que nous puissions les glacer ?

— Je ne peux qu'être d'accord avec elle, dit Patrick en hochant lentement la tête, caressant sa barbe blanche comme la neige. Les bonshommes de pain d'épices sont bien plus délicieux que de simples biscuits aux épices.

— Si tu n'as pas déjà remarqué, mon père a un bec sucré, dit Brad d'un ton taquin.

— Je suppose que tu as ça dans le sang, Mr Trois cuillères de sucre dans mon café, dit Hanna sans lever les yeux de la recette.

Des rires résonnèrent dans la pièce, et soudain Hanna se

rendit compte qu'elle n'avait pas été très polie. Honnête, mais pas polie.

Heureusement, Crissy n'avait pas remarqué. Patrick continua à sourire alors qu'il marquait une douzaine de pages du livre de recettes de son épouse. Hanna lutta contre sa gêne et se glissa vers Brad qui versait une montagne de macaroni dans l'eau bouillante.

— Je ne disais pas ça d'une manière négative, murmura-t-elle.

Le petit rire profond de Brad la caressa.

— Je serai le premier à admettre que j'aime les douceurs.

Elle leva les yeux et trouva son regard posé sur elle. Brad avait toujours les lèvres incurvées en un sourire amical, mais l'intensité dans ses yeux grandissait, et même si ses amies la taquinaient en disant qu'elle était innocente, Hanna savait ce qui se passait dans la tête d'un homme quand il avait *cette expression*.

Bradley Ford ne rêvassait pas de sablés.

Elle recula, agrandissant l'espace entre eux alors qu'elle se redressait.

— J'attendrai après le déjeuner pour commencer la pâtisserie. Je ne veux pas te retenir, mais je vais avoir besoin d'aide pour tout trouver.

— Papa te donnera un coup de main avec ça, si ça ne te dérange pas. J'ai quelques autres choses à faire avant.

Elle fut envahie d'une soudaine culpabilité d'avoir monopolisé toute sa matinée.

— Bien sûr. Tu as déjà été plus que généreux avec ton temps...

— Hanna.

Son petit rire l'interrompit, et il ne la regardait plus, à la place il fixait la casserole en remuant les pâtes.

— Promets-moi que tu vas arrêter de dire merci toutes les deux minutes.

Il lança un coup d'œil par-dessus son épaule vers Patrick qui feuilletait le livre de cuisine usagé, pointait des photos et partageait des histoires avec Crissy.

— Je le pense vraiment. Que tu sois là est important. C'est moi qui devrais te remercier.

Il était sérieux et sincère, et la petite tension en elle se détendit légèrement.

— Je ne veux pas être un fardeau.

— Tu ne l'es pas, et je ne veux plus en parler. Sors-moi le lait et le fromage, s'il te plaît.

Elle se déplaça rapidement pour l'aider, reculant alors qu'il plaçait efficacement une planche à découper et une râpe sur le plan de travail près de la cuisinière. Il était bien trop facile d'être fascinée alors qu'il déballait le morceau de fromage et le râpait, le faisant tomber en une pile nette sur la planche à découper. Compétent et...

Hanna devait l'admettre. Cet homme était fascinant. La manière dont ses tendons se contractaient dans son avant-bras alors qu'il ajustait sa prise, la façon dont il bougeait avec aisance d'avant en arrière, se rinçait les mains et vidait l'eau des pâtes...

Elle devait vraiment se détourner... quelle personne saine d'esprit était excitée par le fait de regarder un homme mesurer du beurre dans une casserole ?

Un grésillement bas commença, et Brad s'essuya les mains sur le torchon qui pendait devant la cuisinière.

— Hé, Crissy. J'ai besoin de ton aide.

Elle vint rapidement, le regarda avec curiosité alors qu'il tirait un tabouret jusqu'au plan de travail.

— Je n'ai pas le droit d'allumer la cuisinière, lui dit-elle.

— C'est une bonne règle, surtout si tu es toute seule. Quand tu es avec un adulte, c'est le meilleur moment pour apprendre à cuisiner.

Il attrapa la cuillère en bois sur le plan de travail et la lui tendit.

— Es-tu prête à faire des macaronis au fromage ?

Crissy lança un coup d'œil à Hanna pour avoir son approbation.

Hanna ne savait pas ce qui se passait, mais Brad marquait un point.

— Tu suis toutes les instructions de Brad, d'accord ?

— Oui, maman.

— Mettons-nous au travail, lui dit Brad fermement en faisant un geste vers la casserole. Cuillère fin prête, et... touille.

Hanna s'éloigna lentement, essayant de donner un peu d'air à sa fille. C'était plus facile après avoir vu avec quelle prudence Brad s'assurait que la situation soit sans risque. Quand il commença à raconter à Crissy une histoire sur les *règles secrètes d'un chef*, qui étaient des conseils de sécurité intelligemment déguisés au niveau d'un enfant, ce fut là qu'elle réussit à leur tourner le dos et à rejoindre Patrick à table.

Le père de Brad les avait aussi observés attentivement. Alors qu'elle s'installait, il tendit la main et lui tapota la sienne.

— Ça va aller. C'est le laïus que ma femme donnait aux garçons dans le temps. Elle leur a appris à cuisiner de la même manière. Bon sang, je pense que c'est même le tabouret sur lequel ils grimpaient.

Hanna jeta un coup d'œil, mais il n'y avait pas grand-chose à voir sauf leurs deux dos et le bras de Crissy qui bougeait vigoureusement alors qu'elle remuait la cuillère.

— Ma mère m'a appris comment cuisiner aussi, mais...

Elle s'arrêta, soudain incapable de continuer parce que le passé était une partie de sa vie à laquelle il était impossible de penser ou de discuter. Le froid l'envahit comme toujours quand elle se rappelait sa famille.

Non. *Pas* sa famille... simplement les gens qui l'avaient élevée. C'était une description plus exacte, étant donné qu'une famille était censée signifier l'amour, et que la manière dont elle avait été traitée n'était pas basée sur l'amour.

Hanna releva brusquement les yeux. Elle était restée silencieuse après s'être brusquement arrêtée.

Patrick inspira profondément, mais il ne dit rien sur la conversation brusquement abandonnée. Il avait dû se rendre compte qu'ils avaient touché un point sensible parce qu'à la place il tira le livre de cuisine et le rouvrit à la page qui contenait la recette du pain d'épices.

— Si tu veux, je peux te montrer où tout se trouve.

Hanna bondit sur ses pieds, reconnaissante d'avoir quelque chose à faire qui n'impliquait pas des sentiments de rejet ou de tristesse. Elle avait tant de choses desquelles être reconnaissante, mais alors que Patrick pointait du doigt les placards et qu'elle rassemblait lentement tous les ingrédients pour les gourmandises de Noël, il était impossible de se débarrasser complètement de ses émotions amères.

Le bonheur d'être acceptée et bien accueillie formait un contraste puissant avec les souvenirs qui se bousculaient dans son cerveau.

BRAD GARDA son attention sur Crissy jusqu'à ce que les étapes potentiellement dangereuses de la préparation des macaronis au fromage soit terminée, mais pendant tout ce temps il resta pleinement conscient de la présence de Hanna dans la pièce.

Et même si elle parlait avec une prononciation claire et

exacte, tous ses mots étaient doux, s'effaçant en un léger murmure alors qu'elle conversait avec son père.

Il y avait quelque chose de bien trop normal dans le fait d'avoir Hanna dans sa maison, à fouiller dans les placards alors qu'elle suivait les tentatives de son père de se souvenir d'où les choses étaient rangées. C'était Brad qui faisait l'essentiel de la cuisine ces temps-ci.

— Est-ce que ça va vraiment être bon ? demanda Crissy d'un air soupçonneux alors qu'elle attendait sur le côté qu'il termine de fermer la porte du four.

Brad hoqueta.

— N'as-tu jamais mangé de macaronis au fromage fait maison avant ?

Crissy secoua la tête, fixant le fromage qui s'attardait sur la cuillère en bois avec méfiance. Elle renifla.

— Ce n'est pas de la même couleur que ce que maman prépare.

— Non. Fais-moi confiance, ce n'est pas une mauvaise chose, assura-t-il en se rapprochant. Est-ce que tu veux lécher la cuillère ?

Elle fronça les sourcils.

— Peut-être.

Un rire résonna derrière eux, alors Brad et Crissy se retournèrent et découvrirent Hanna qui attendait.

— Maintenant, le secret est dévoilé. Je suis un chef des macaronis au fromage en boîte.

Crissy passa les bras autour de sa mère, la cuillère s'agitant de manière précaire.

— J'aime bien tes macaronis au fromage, lui assura-t-elle.

— J'aime bien ce genre-là aussi, les informa Brad, mais parfois j'apprécie de les préparer de A à Z, de la manière dont ma mère le faisait.

Puis il pointa Crissy et le placard où se trouvaient les

assiettes pour qu'elle puisse mettre la table. Patrick recula juste assez pour que la petite fille puisse le contourner.

— Est-ce que ça va être long avant le déjeuner ? demanda Hanna. Je dois emprunter ton téléphone pour pouvoir confirmer mon planning de travail de cette semaine.

Bon sang.

— Je suis désolé. J'aurais dû passer la matinée à t'aider à faire avancer les choses au lieu de vagabonder dans la campagne.

Hanna écarquilla les yeux avant de secouer la tête.

— Non. *Non*, ce que nous avons fait ce matin, c'était parfait. Je sais que nous avons beaucoup de choses à gérer, mais c'était magique de pouvoir sortir dans la neige. Quoi qu'il faille faire, il n'y a qu'un peu plus d'une semaine avant Noël, et il est important de faire en sorte que ces journées soient spéciales.

Le soulagement envahit Brad.

— Demain, cependant, quand Crissy partira pour l'école, je pourrai t'aider à remplacer ton téléphone et commencer à nous occuper de l'assurance.

Elle hésita.

— Quoi ? demanda-t-il doucement en s'avançant discrètement et en se penchant jusqu'à ce que leurs têtes se retrouvent au même niveau.

Hanna haussa les épaules.

— Tu m'as dit d'arrêter de dire merci, mais tu ne me rends pas la tâche facile, car tu ne cesses de faire de gentilles choses.

— Bien sûr que non. Enfin, continua-t-il alors qu'elle haussait un sourcil. Oui, je suppose que c'est gentil de ma part de proposer de t'aider, mais c'est aussi logique. C'est ce que fait une personne quand une amie a besoin d'une main tendue.

Un doux son échappa à Hanna, et sa bouche s'ouvrit un instant avant qu'elle ne détourne les yeux, rougissant.

Que se passait-il dans sa tête ?

Elle se retourna et hocha la tête.

— J'apprécierais ton aide. Je ferai une liste cet après-midi de toutes les choses les plus importantes auxquelles je peux penser.

— Super idée. Si ça ne te dérange pas, je pourrai t'aider à passer en revue la liste ce soir.

Il était trop facile d'afficher sa tristesse.

— Malheureusement, continua-t-il, je ne sais que trop bien toutes les choses que tu dois gérer.

Le minuteur sonna sur le four, et le déjeuner fut servi. Crissy déclara que les macaronis au fromage fait maison étaient délicieux. Même si elle regarda Patrick avec suspicion quand il retourna une bouteille de sauce Tabasco et arrosa toute la surface de son assiette de rouge.

Brad se força à quitter la pièce et les laissa tous les trois en train d'installer d'énormes saladiers et des plaques de cuisson alignés sur le comptoir. C'était doux-amer à voir – la dernière fois qu'autant d'ustensiles avaient été utilisés, sa mère était encore vivante. Les odeurs de Noël étaient un souvenir heureux.

Il mit des chants de Noël et monta légèrement le volume puis alla accomplir quelques tâches avant que les douceurs collantes ne l'incitent à revenir.

Brad enfila son manteau et s'en alla à l'écurie, pour bien s'assurer d'avoir de l'intimité et non pas parce qu'il y avait quoi que ce soit de pressant qui avait besoin d'être fait. Il composa un numéro sur son téléphone et attendit que son ami décroche.

Un des chatons de la plus récente portée avança le long de la poutre murale, se rapprochant et miaulant piteusement jusqu'à ce que Brad le soulève pour le câliner.

Walker Stone parla sans même dire allô.

— Où est-ce que tu en es ?

— À peu près à un mètre quatre-vingt-quinze, répondit Brad d'une voix traînante.

— Ha ha très drôle. N'abandonne pas ton travail parce que tu n'es pas prêt pour Comédie+.

— J'ai le cœur brisé, répondit Brad. Hé, j'ai un service à demander.

— Balance.

— Pas à toi, à ta fiancée.

Il y eut une très brève hésitation avant que Walker ne crie le prénom d'Ivy puis revienne en ligne.

— J'ai entendu dire que tu avais des invitées.

— En effet. Sacrée période pour un incendie, mais mon père fait de son mieux pour leur remonter le moral.

Un petit rire bas résonna à l'arrière.

— Bien sûr. Ton *père*. Toi, d'un autre côté, tu ne ferais rien pour essayer de remonter le moral d'une certaine jeune femme. Rien du tout. Nada. C'est comme si elle n'était même pas là.

— Tais-toi, marmonna Brad.

— Allez, insista Walker. Je sais à quel point elle te plaît. Tu dors sous le même toit que Hanna Lane et tu ne prévois pas de profiter de cette occasion ? Et je ne dis pas ça d'une manière louche.

— Il n'y a rien à profiter, dit Brad avant de laisser échapper un lourd soupir. Je lui ai dit qu'il n'y aurait pas de contreparties pour son séjour ici, et j'étais sérieux.

Walker émit un son de compassion.

— C'est bien. Mais, bon sang.

— N'est-ce pas ?

Mais il n'avait pas appelé pour recevoir de la compassion d'un ami sur le fait d'avoir la femme qui l'intéressait proche de lui et pourtant intouchable.

Sauf ce baiser...

Ce baiser qui ne serait pas arrivé s'il n'y avait pas eu de gui...

Hummm. Peut-être qu'il devrait faire quelques courses.

— Bonjour, Brad. Quoi de neuf ?

Ivy Fields était à l'autre bout de la ligne maintenant.

— Je voulais simplement prendre contact. Tu as entendu parler de l'incendie chez Hanna et Crissy ?

— Oui. Je suis contente qu'elles aillent bien.

— Elles s'en sortent très bien, mais il est possible que le choc puisse survenir. Je voulais t'avertir de garder un œil sur Crissy *et* ses camarades de classe... parfois, des événements pareils peuvent déclencher de mauvais souvenirs. Si tu as besoin de quoi que ce soit, ne crains pas de m'appeler. En fait, peut-être que je devrais venir dans la salle de classe cette semaine pour parler aux enfants ?

Ivy émit un son approbateur.

— C'est une super idée. Veux-tu venir au même moment que ton père sera là ?

— Mercredi après-midi ? Bien sûr, ça devrait le faire.

— Nous attendrons ça avec impatience.

Brad lui adressa une dernière requête avant de raccrocher. Le chaton sur ses genoux ronronnait comme un animal bien plus gros et il lui passa un doigt entre les oreilles.

— Il est temps pour toi de retourner avec tes frères et sœurs.

Il souleva le chat et le porta vers l'endroit où la portée actuelle de chatons était chaudement empilée. Puis il retourna dans la maison, où l'odeur vive du gingembre emplit ses narines et le fit saliver.

— Dites-moi que vous avez besoin d'un testeur, dit-il en entrant dans la cuisine.

Trois têtes se tournèrent vers lui, des expressions quelque peu coupables sur les deux visages plus âgés.

Des miettes de gâteau décoraient la barbe de son père, et

Hanna avait une traînée de glaçage sur la joue. La seule qui souriait encore alors qu'elle mâchait, c'était Crissy.

— Nous mangeons les morceaux cassés, expliqua-t-elle en se précipitant pour escorter Brad vers sa propre table de cuisine. Maman a dit que ce n'était pas une bonne idée de décorer le bonhomme de pain d'épices qui n'a pas de tête. Et Mr Patrick a dit que ce serait comme des zombies de pain d'épices.

— Papa, réprimanda Brad. Des zombies ?

Patrick leva un bol de glaçage qui était teinté d'un rouge vif, ne disant rien. Il tenait simplement le mélange à l'apparence sanglante en l'air et haussait un sourcil.

Brad se mit à rire.

— Comment puis-je vous aider ?

Hanna le mit au travail, le dirigeant vers l'autre bout de la table où un autre lot de sachets de glaçage l'attendait. Cette sensation de souvenirs, avec le passé et l'avenir qui se mélangeaient, le frappa fort.

— Ma mère les utilisait chaque année, lui dit-il, tenant le piston à glaçage en l'air.

Elle se rapprocha et parla comme si elle partageait un énorme secret.

— Je ne pense pas qu'elle a appris à ton père comment les utiliser.

Elle avait l'odeur du sucre et d'épices. Au diable les gâteaux, il voulait la croquer.

— Non. Mais moi, je sais comment faire.

Le sourire de Hanna s'épanouit, puis elle prouva que même si elle était petite et apparemment délicate, elle avait la capacité de lui donner des ordres comme si elle était un sergent-chef. Pendant l'heure qui suivit, il décora des gâteaux, et il ne fut autorisé qu'à manger ceux qui étaient cassés.

Bien sûr, il dut dissimuler son amusement quand il surprit

Crissy qui arrachait soigneusement le bras d'un gâteau sous le bord de la table pour pouvoir passer les morceaux, son visage infiniment innocent.

Une douce espièglerie. Un bonheur doux.

En face de lui à table, Patrick souriait. Dans ses souvenirs récents, Brad ne l'avait pas vu aussi heureux. Quelles que soient les circonstances qui les avaient menées ici, il ne ressentait aucun regret.

Hanna était revenue examiner son travail d'un œil strict.

— Tu en as oublié un, l'informa-t-elle, pointant du doigt un bonhomme de pain d'épices à qui il avait oublié de donner une série de boutons.

— Ça se règle facilement, lui assura-t-il en se penchant en avant pour se concentrer.

À l'arrière, Patrick sortait de la cuisine, et Crissy, avec un gâteau dans chaque main, le suivait.

Hanna les ignora, se concentrant à 100 % sur lui qui exerçait une pression sur l'outil de glaçage…

Le plastique craqua, projetant le glaçage dans une nouvelle direction, qui se trouva être directement vers leurs visages.

Il s'arrêta immédiatement, mais il était trop tard. Il y avait un groupe de taches de rousseur rouges sur tout le visage de Hanna, et d'après la sensation, sur le sien aussi.

Le son commença doux et bas avant de prendre du volume. Pas tout à fait un gloussement ni un petit rire, mais un amusement des plus purs. Hanna Lane riait alors qu'elle se redressait, et elle se toucha la peau du doigt, le retira et laissa du rouge étalé sur sa joue avec une très légère trace qui était restée sur le bout de son doigt.

— Tu as un talent particulier, lui dit-elle avec de l'amusement dans les yeux.

— Sérieusement. Je ne connais pas ma force, avança-t-il comme excuse.

— Tu as l'air marrant avec des taches de rousseur, le taquina-t-elle une seconde avant de lui toucher le visage d'un doigt pour essuyer une des taches.

Elle leva une main et la plaça devant le visage de Brad.

Il allait vraiment finir sur la liste des vilains enfants du père Noël, mais il lui était impossible de résister. Brad l'attrapa par le poignet, la tira sur la courte distance que cela demanda pour aspirer son doigt dans sa bouche. Il fit tournoyer sa langue autour de l'extrémité et lécha le goût sucré qui s'y attardait.

La seule protestation qu'il reçut fut qu'elle écarquilla les yeux. Si elle avait retiré brusquement sa main, ou émit un son de détresse, il aurait arrêté immédiatement.

Non. Ce qu'elle fit, ce fut de prendre une inspiration longue, lente et très tremblante.

Quand elle s'humecta les lèvres, ce fut lui qui abandonna. La tentation le brûlait intensément, et le court instant qui les avait liés avait suffi pour envoyer tout son sang au même endroit.

Il relâcha son doigt, gardant les lèvres closes autour jusqu'à la dernière seconde. Il la fixait dans les yeux, mais voyait que ses mamelons se pressaient contre l'avant de son tee-shirt... bon sang, il avait une très bonne vision périphérique.

— Tu as bien une addiction aux sucreries, avança Hanna à bout de souffle.

Avant qu'il ne puisse répondre, elle se retourna et commença à nettoyer, se tenant bien hors de portée.

7

La tentation se présentait dans un emballage de plus d'un mètre quatre-vingt.

Hanna nettoya la cuisine avec Brad qui travaillait silencieusement à ses côtés. Elle s'était complètement attendue à passer le reste de la soirée dans tous ses états, et en essayant désespérément de ne pas donner l'impression que c'était le cas.

Ce ne fut que lorsqu'elle s'assit enfin avec une feuille de papier pour dresser une liste de ce dont elle devait s'occuper que l'incendie que Brad avait allumé en elle s'éteignit bien trop rapidement.

Permis de conduire, carte de crédit. Tout le contenu de son portefeuille. La seule chose dont elle n'avait pas à s'occuper, c'étaient des certificats de naissance et du travail légal que les avocats avaient effectué concernant Crissy et elle. Ceux-là étaient soigneusement rangés dans un coffre-fort.

Prendre conscience que le bureau d'avocats devrait remplacer tout ce qu'il avait perdu aussi la fit frissonner. Tant de papiers importants... elle était contente d'avoir écouté ses amis quand ils avaient recommandé de payer les frais pour le coffre « juste au cas où ».

Elle borda sa petite fille ce soir-là, la serrant encore plus fort pendant un instant.

— Ça va, bébé ?

— Je ne suis pas un bébé, protesta Crissy.

Non, à la manière dont elle se pelotonnait étroitement, elle était plutôt un chaton, comme ceux à qui elles étaient allées dire bonne nuit avant que Crissy ne prenne son bain et n'enfile son pyjama emprunté.

— Tu as raison. Tu es ma magnifique fille. Tu as été très gentille aujourd'hui.

Crissy fit la grimace.

— Est-ce que je dois aller à l'école demain ?

Hanna hocha la tête.

— Mlle Fields serait triste si tu n'y allais pas. Ainsi qu'Emma et le reste de tes amis.

Des larmes montèrent aux yeux de Crissy. Pas des fausses, comme si elle essayait de ne pas aller au lit, mais une vraie et profonde tristesse.

— Je dois leur dire que toutes mes affaires ont été brûlées.

— Je sais, ma puce. Je suis désolée.

Elle serra Crissy, se permettant enfin de penser vraiment à la prise de conscience qui l'avait frappée en faisant sa liste.

Certaines choses *étaient* irremplaçables. Pas beaucoup, mais des choses comme l'album de bébé de Crissy, et les objets que Hanna avait conservés au cours des années et qu'elle avait rassemblés comme souvenirs... ils étaient perdus pour toujours.

Mais c'était son boulot de s'assurer que sa petite fille se rende compte qu'elles avaient encore ce qui était le plus important. Elles étaient ensemble.

— Nous ne pourrons pas tout remplacer d'un coup, mais demain après l'école, nous pourrons faire des courses.

Crissy hocha la tête puis elle embrassa gentiment Hanna et étreignit son ours emprunté et s'endormit probablement avant que Hanna soit retournée dans le couloir.

Elle alla dans la salle dû séjour pour rejoindre Patrick et Brad.

Patrick était assis dans son fauteuil près du feu. Au milieu de la pièce, le fauteuil assorti au sien était vide pendant que Brad étirait ses jambes dans un fauteuil bien plus grand de l'autre côté.

Elle hésita.

Patrick secoua la tête avant de pointer du doigt le fauteuil vide.

— Ça ne dérangerait pas Connie que tu te détendes.

Hanna se déplaça rapidement et s'assit. Les doux coussins l'encadraient comme une étreinte chaleureuse.

— Merci.

— Quels sont tes plans pour demain ? demanda Brad.

— Je dois m'occuper de remplacer des choses, et je dois trouver un nouvel appartement pour le premier janvier, alors...

— Minute, papillon, l'interrompit Patrick. Mets ça à la fin de ta liste. La recherche d'un logement.

Il leva une main pour l'empêcher de protester.

— Petite demoiselle, tu as assez de choses desquelles t'inquiéter en ce moment sans en rajouter à ton fardeau qui n'a pas de sens. Il ne reste que deux semaines jusqu'au Nouvel An. Avec les fêtes, il sera impossible de trouver un logement et de s'occuper de tout le reste. Je veux que tu prévoies de rester ici, et nous nous assurerons que vous vous installiez dans quelque chose de bien d'ici le début du mois de février.

Une partie d'elle voulait protester, mais l'autre partie qui était plus intelligente que sa fierté inspira profondément et accepta l'aide.

Les souvenirs d'avoir dû faire ça quand elle était enceinte

de Crissy l'envahirent de nouveau. De bons souvenirs, parce que des gens bien l'avaient aidée, mais douloureux aussi, parce que...

Elle croisa le regard de Patrick sans détour.

— C'est une offre généreuse, et je sais que Brad m'a dit d'arrêter de me répéter, mais merci. J'apprécie tellement que vous nous ayez ouvert votre foyer à moi et Crissy.

Le vieil homme hocha la tête, une étrange satisfaction inscrite sur son expression.

— Content de vous aider. C'est ce que nous sommes censés faire, surtout à cette période de l'année.

Elle ouvrit le bloc-notes que Brad lui avait donné et baissa les yeux sur la longue liste de tâches à accomplir qu'elle avait faite plus tôt, essayant de comprendre quand elle pourrait tout effectuer. Le feu crépita et elle prit des notes, mais alors que la liste s'allongeait, sa sensation de découragement grandissait aussi.

Le plancher craqua, elle leva les yeux et découvrit Brad qui s'agenouillait près de sa chaise et l'examinait avec une expression inquiète.

— Ça va ?

Elle n'allait *pas* pleurer.

— Je suis un peu fatiguée.

Un léger ronflement porta dans l'air. Patrick s'était endormi dans son fauteuil, les jambes tendues et le reste du corps complètement décontracté.

Brad émit un doux petit rire.

— Mon père aussi. Pourquoi ne vas-tu pas te coucher ? suggéra-t-il.

Aussi tentant que ce soit, Hanna avait déjà géré ça.

— Si je vais me coucher maintenant, travailler demain soir sera terrible. Je dois rester debout jusqu'au moins minuit ou je perturberai ma routine.

Le regard de Brad erra sur son visage.

— Tu retournes au travail demain ?

Elle hocha la tête.

— Il le faut. J'ai déjà perdu un travail, et je ne peux pas me permettre de perdre plus de journées.

— Est-ce que tu auras des jours de repos pendant les fêtes ?

Hanna étudia le calendrier qu'elle avait dessiné sur le bloc-notes.

— Presque une semaine, ce qui est bien, mais fâcheux aussi. J'aurai le temps de rattraper beaucoup de choses que je dois faire.

— C'est fâcheux parce que tu n'es pas payée si tu ne travailles pas, n'est-ce pas ?

L'expression de Brad s'adoucit sous la compréhension lorsqu'elle hocha la tête.

— Hanna, si tu as besoin de...

Elle posa les doigts sur sa bouche pour l'interrompre avant qu'il n'aille trop loin.

— S'il te plaît, ne me propose pas d'argent. Tu en as déjà fait plus qu'assez. Je te promets que je demanderai si ça devient problématique.

Quelque chose apparut dans les yeux de Brad. Hanna sentit ses doigts la brûler lorsqu'elle remarqua ce contact intime, sa main posée sur ses lèvres. Un écho de Brad lui léchant les doigts dans la cuisine lui revint brusquement, et soudain elle était de nouveau en train de passer d'un extrême à l'autre.

Il enroula les doigts autour de son poignet, clairement sous contrôle alors qu'il lui retournait la main et déposait un baiser sur sa paume.

Hanna trouva difficile d'inspirer profondément.

Il lâcha ses doigts et se racla la gorge.

— Pour changer de sujet, nous sommes censés avoir un rencard demain.

Il lui fallut un instant pour s'en souvenir, et quand elle le fit, la sensation étrange et décontenancée se mit à grandir dans son ventre.

— Je croyais que nous n'allions pas sortir ensemble pendant que Crissy et moi vivions ici.

— J'ai dit qu'il ne se passerait rien que tu ne veuilles pas, lui rappela-t-il. Sortir ne signifie pas que nous allons sauter dans un lit. Ça veut dire que nous passons du temps ensemble, et je ne vois pas pourquoi nous ne pourrions pas continuer cette partie de l'histoire.

Pouvait-il voir à quel point son cœur battait fort lorsqu'il mentionna le sexe ? Hanna ouvrit la bouche pour refuser avant de se rendre compte que ce serait un mensonge complet de dire qu'elle ne voulait pas passer du temps avec lui.

L'autre partie était vraie aussi.

— Je suis... un peu submergée en ce moment, avoua-t-elle.

Il prit sa joue dans sa paume, la lui caressant gentiment du pouce.

— Peux-tu me faire confiance pour garder un œil sur toi, mon sucre ? Pour ne pas aller trop loin, trop vite ?

Peut-être que ça n'avait pas de sens, mais c'était la seule chose qu'elle savait avec certitude : elle lui faisait confiance.

— D'accord.

Les lèvres de Brad s'incurvèrent.

— D'accord, tu me fais confiance ? Ou d'accord pour un rendez-vous ?

Il allait le lui faire dire, le méchant.

— Oui, je te fais confiance. Tu as mentionné une promenade à cheval, mais je ne pense pas que nous aurons le temps, dit-elle en levant le bloc-notes. Je dois m'occuper d'une bonne partie de ça demain. Je dois aussi déposer Crissy à l'école et aller la chercher, et je lui ai promis que nous pourrions aller faire du shopping, alors je dois aller à la banque. Et à un moment donné, je vais devoir faire une sieste.

— À quelle heure commences-tu le travail le soir ?

— Habituellement à vingt heures. J'ai pensé que je mettrais Crissy au lit avant de partir, pour m'assurer qu'elle aille bien. Je partirai une fois qu'elle se sera endormie.

Brad sourit lorsqu'un ronflement particulièrement sonore sortit du fauteuil sur leur droite.

— Nous laisserons les chevaux pour l'instant. Et si notre rendez-vous de demain impliquait que je t'aide avec ta liste ? Nous pourrons emmener Crissy à l'école puis faire les choses les plus importantes le matin. Je te ramènerai ici après le déjeuner, et tu pourras faire la sieste jusqu'à ce qu'il soit l'heure d'aller la chercher à l'école.

C'était comme tout ce qu'il lui offrait. Bien trop généreux.

— Ce n'est pas vraiment un rencard, signala-t-elle.

— Ce sera un super rencard, insista-t-il avant que son regard ne se baisse vers ses lèvres. J'ai l'intention de te tenir la main. Souvent. Peut-être t'embrasser. Plus d'une fois.

Il était impossible qu'il rate le frisson qui la fit trembler de haut en bas.

— Oh.

Il lança un coup d'œil à son père avant de se lever et de lui tendre une main.

— Viens, mon sucre. Si tu ne peux pas aller te coucher avant minuit, alors nous ferions mieux de trouver quelque chose d'autre à faire que de regarder le feu qui nous donne envie de dormir.

C'était étrange et pourtant merveilleux de glisser les mains dans les siennes et de le laisser l'entraîner hors de la pièce.

— Où allons-nous ?

Un doux petit rire vint vers elle.

— Fais-moi confiance.

Elle lui faisait confiance, bien trop, et elle ne pouvait pas se permettre que ce soit sa chute. Malgré tout, sa main était grande et chaude autour de la sienne alors qu'elle l'accompagnait dans une pièce qui n'avait pas besoin d'explication.

Cette fois, Hanna se mit à rire.

— Tu as une tanière.

La salle de séjour ne tournait qu'autour du confort, centrée autour de la cheminée. Cette pièce avait une table de billard qui emplissait la moitié de l'espace, tandis que la moitié restante possédait des fauteuils très rembourrés et un canapé qui faisaient face au plus grand écran de télé que Hanna avait jamais vu de sa vie.

Brad l'amena jusqu'au canapé et la laissa s'installer dans un coin. Il s'éloigna un bref instant avant de revenir avec une couverture duveteuse dans une main, la télécommande dans l'autre.

Il s'assit, pas dans le coin opposé, mais pile au milieu. Son poids s'enfonça suffisamment dans l'assise pour que Hannah se retrouve en partie contre lui, la jambe et la hanche touchant les siennes. Il déploya la couverture et couvrit la partie inférieure de leurs corps, enroulant Hanna dans un cocon chaud entre le tissu et sa proximité.

Cela restait parfaitement respectueux. Elle s'était assise aussi près de ses amies auparavant quand un groupe d'entre elles se tassait sur le même canapé.

Mais ça ? C'était totalement différent.

— Des films de Noël, suggéra Brad. Nous pouvons faire un compte à rebours du top dix des meilleurs classiques de fêtes de tous les temps.

— Et si mon top dix diffère du tien ? le taquina Hanna, surprise d'avoir réussi à prononcer les mots.

— Eh bien, ce serait une mascarade parce que *mon* top dix c'est le top dix *suprême*.

Il appuya sur le bouton on, alla sur Netflix et démarra un film. Et avant qu'elle ne puisse dire quoi que ce soit, il tendit la main et prit ses doigts entre les siens, lui tenant la main sur la couverture alors que l'action se déroulait sur l'écran devant eux.

Une fois que le rythme de son cœur eut légèrement ralenti, elle se surprit à se détendre contre lui, appuyant finalement la tête sur son épaule, laissant sa présence lui donner un petit moment de plaisir.

Le lendemain, ce serait le retour au monde réel et à tout ce qu'elle devait faire pour s'occuper d'elle et de sa fille, mais en cet instant, elle allait profiter de cette bulle de quiétude.

Brad ne se souvenait pas de la dernière fois où une soirée s'était terminée avec la tête de la personne avec qui il sortait sur son épaule, profondément endormie.

Hanna avait tenu bon jusqu'à environ vingt-trois heures quarante-cinq, à ce stade, il ne pensait pas que cela valait la peine de remuer pour la garder éveillée de la manière dont il l'avait fait les fois précédentes où elle avait commencé à piquer du nez.

Le fait qu'elle soit suffisamment à l'aise pour dormir pelotonnée contre lui était une bonne chose. Ou en tout cas, il essayait de se rassurer en se disant que ce n'était pas parce qu'il était la personne la plus ennuyeuse à la surface de la Terre.

Il devrait partir du principe que sa promesse d'aller lentement et d'être digne de confiance avait été prise pour argent comptant. Ce fut pour ça qu'il avait pu passer les quinze dernières minutes à la fixer pendant qu'elle respirait régulièrement, sa poitrine se soulevant et retombant contre son bras. Il avait gardé sa main dans la sienne jusqu'à ce qu'elle la libère et glisse les doigts sous son biceps, les enfonçant profondément, ce qui était tout aussi acceptable pour lui.

Ses cils reposaient contre ses joues, et il fut frappé par le privilège que c'était de l'avoir chez lui. Entièrement conscient que les prochains jours seraient particulièrement difficiles pour elle, et souhaitant de nouveau pouvoir lui retirer ce fardeau.

Il aurait pu rester là à la fixer pendant des heures. À la place, il la réveilla gentiment, se glissa hors de la couverture et s'éloigna doucement alors qu'elle se levait et clignait intensément des yeux.

Deux minutes plus tard, elle était arrivée sans encombre dans sa chambre et avait fermé la porte. Ses doux mouvements pour se préparer à se coucher suffirent à Brad pour qu'il tourne les talons et retourne dans la salle de séjour pour voir si son père était encore là.

Patrick était réveillé, penché en avant et fixant le feu. Sa tête s'inclinait régulièrement, comme s'il écoutait une conversation que lui seul pouvait entendre.

Brad s'appuya contre le chambranle de la porte.

— Je vais me coucher, annonça-t-il.

Son père lança un coup d'œil par-dessus son épaule, clignant des yeux sous la surprise.

— Je devrais faire de même. Même si je suppose que je ne fais que changer de lieu... je peux aussi bien dormir ici que là-bas.

Brad s'avança et tendit une main pour aider son père à se lever.

— Tu dormiras mieux dans ton lit.

— Je dormirai seulement aussi longtemps que mon cerveau me le permettra, se plaignit Patrick. Je ne cesse de penser à ton frère. J'aimerais que ce mur ne soit pas entre nous.

Patrick s'appuyait lourdement sur ses cannes pour avancer.

Il avait l'air plus âgé que d'habitude, pas à cause de ses mouvements, mais de la lassitude sur son visage.

Comme il en avait toujours l'air quand il parlait de Mark.

Brad resta silencieux jusqu'à ce qu'il ait aidé son père à entrer dans sa chambre.

— Donne-lui du temps. Garde la porte ouverte.

Son père hocha la tête, puis agita la main pour lui dire bonne nuit, laissant Brad avec ses pensées et ses frustrations.

Mark n'était pas une personne pourrie. Il n'avait simplement pas ses priorités dans l'ordre, d'après ce que Brad pouvait constater. L'argent représentait tout pour son frère, dans le genre « il coule entre ses doigts plus vite qu'il ne peut en gagner ».

Il alla dans sa chambre, ouvrit prudemment la porte qui menait dans leur salle de bain commune, mais la porte du côté de Hanna était fermée. Elle s'était endormie depuis longtemps.

Il fit de son mieux pour être levé et modérément content au matin, mais c'était en demander un peu trop. Patrick se déplaçait dans la pièce, répondant aux questions de Crissy qui concernaient la prochaine fois où il serait dans sa classe.

— Mlle Fields a dit que nous pourrons lire des histoires de Noël quand vous serez là parce que c'est le dernier jour avant les vacances, lui annonça Crissy d'un ton excité avant que son visage ne devienne triste. C'était sur une note dans mon sac qui a brûlé.

— Je suis désolé pour ton sac à dos, mais merci de me l'avoir rappelé, dit Patrick en pointant du doigt un sac en papier sur le plan de travail. Il n'est pas neuf, mais j'ai trouvé quelque chose ce matin que tu peux utiliser.

Crissy laissa son bol de céréales et se précipita de l'autre côté de la pièce, rapportant le sac avec elle en allant vers Hanna avant de grimper sur les genoux de sa mère pour l'ouvrir.

Tandis que les bretelles du sac ornées de fleurs de couleurs vives apparaissaient, Crissy émit un petit son de joie.

— Il est si joli.

Brad tourna son attention vers son père. Patrick affichait quelque chose s'approchant d'un sourire, mais pas tout à fait, qui apparaissait et disparaissait.

— C'était à ma femme. Elle l'utilisait quand elle allait en ville pour des événements spéciaux. Il a des cordons pour bien le fermer et un compartiment caché à fermeture éclair. Il y a même une bandoulière pour le porter en travers de ton corps. C'est mieux qu'un sac à dos.

Crissy se tortilla et quitta les genoux de Hanna et fila vers Patrick pour qu'il puisse lui montrer tous les secrets.

Un doux contact se posa sur son épaule. Brad leva les yeux et vit Hanna qui attendait, luttant pour garder son calme.

Il lui attrapa les doigts et les serra.

Puis une petite fille qui dansait se retrouva devant lui, la bandoulière fleurie de l'épaule à la hanche alors qu'elle tournoyait pour montrer son cadeau.

— C'était à ta maman, l'informa-t-elle avant de poser les mains sur les genoux de Brad et de se pencher pour lui dire sérieusement : J'en prendrai bien soin, je te le promets.

— Maman serait ravie de voir son sac qui va à l'école, dit-il en lançant un coup d'œil à son père. Sérieusement. Maman aimait rendre les gens heureux.

Patrick hocha la tête.

— C'est bien vrai.

Le chaos matinal devint une routine familière alors que le petit déjeuner était terminé et que les dents étaient brossées. Brad se retrouva avec deux personnes dans sa camionnette, Crissy dans un siège rehausseur qu'il avait pris dans les fournitures d'urgence à la caserne la veille.

Il attendit près de l'école pendant que Hanna déposait

Crissy, l'accompagnant à la porte et l'embrassant. Un aperçu du sac de couleurs vives fut la dernière chose qu'il vit alors que Crissy disparaissait.

Hanna grimpa dans la camionnette et regarda par le pare-brise, à l'évidence perdue dans ses pensées, ce qu'il comprenait, pourtant en même temps il voulait être là pour elle. Il tendit la main, lui enleva son gant gauche et glissa la main dans la sienne, puis il prit silencieusement la direction de la banque.

Le regard de Hanna se baissa vers leurs mains. Elle leva les yeux vers lui puis revint vers leurs mains, mais ne dit rien.

Mais quand elle revint dans la camionnette après le troisième arrêt, Brad sourit quand ce fut elle qui tendit la main et entremêla leurs doigts par-dessus le siège rehausseur.

À onze heures trente, ils avaient terminé toutes les tâches qu'ils pouvaient effectuer en ville, y compris une visite à la compagnie d'assurance. Il était entré avec elle cette fois, restant en arrière, mais présent si elle avait besoin d'aide... il *était* le capitaine des pompiers. S'il pouvait faire avancer quelque chose plus vite, il le ferait.

Finalement, Hanna sortit sur le trottoir, prit une profonde inspiration avant de la laisser sortir lentement. Brad se plaça à côté d'elle pour la protéger du vent qui faisait tourbillonner de la neige autour d'eux.

— Est-ce que tu as terminé ?

Elle s'appuya sur le mur derrière elle et leva les yeux vers lui.

— Pour l'instant. J'en ai plus que terminé.

— C'est l'heure du déjeuner.

Il n'attendit pas qu'elle réponde. Il mourait de faim, alors ce devait être son cas aussi.

— Viens, ajouta-t-il.

Elle entra main dans la main avec lui dans le Buns & Roses avant que ses doigts ne s'échappent.

Il baissa les yeux et vit que les joues de Hanna étaient rose vif, bien plus brillantes qu'elles ne l'avaient été dehors dans le vent froid. Devant eux, Tansy Fields les regardait avec une grande curiosité.

Elle sortit de derrière le comptoir et s'approcha pour étreindre Hanna.

— Je suis désolée, chérie. J'ai entendu parler de l'incendie. Je suis contente que Crissy et toi alliez bien.

Hanna hocha la tête.

— Merci. Brad m'aide à régler les choses avec l'assurance et tout le reste.

Cela donnait terriblement l'impression qu'elle expliquait pourquoi ils étaient ensemble, ce qui lui convenait, mais qu'elle ne disait rien sur le fait que c'était un rencard, indiquant qu'elle essayait encore de le nier.

Tandis que Tansy retournait derrière le comptoir, Brad se rapprocha de Hanna, glissa un bras autour de sa taille et la fit pivoter vers le menu comme si c'était la première fois qu'ils le voyaient.

— Prends quelque chose pour te réchauffer, mon sucre. La matinée a été longue.

L'expression du visage de Tansy en valut vraiment la peine, et soudain quelque chose le mordit, durement, à la taille. Il se redressa brusquement avant de se rendre compte que Hanna avait glissé la main sous sa veste et l'avait pincé.

Il baissa les yeux, essayant de ne pas sourire.

Elle se rapprocha.

— Tiens-toi bien, l'avertit-elle.

— C'est comme ça que je me tiens bien, murmura-t-il.

Dieu merci, elle se mit à rire, et le doux son coula sur lui, faisant battre son cœur. Et quand elle ne s'enfuit pas, mais se rapprocha de lui alors qu'ils passaient commande, quelque chose en lui fondit.

Il aimait à quel point elle était courageuse. Il aimait qu'elle ait été aussi résistante ce matin-là, faisant face aux questions et à des échéances incertaines.

Ils s'installèrent derrière une table dans un coin. Des chants de Noël jouaient joyeusement à l'arrière, les joues de Hanna étaient d'un rouge vif alors qu'elle retirait son bonnet et son écharpe, puis les plaçait dans la poche du manteau qu'elle avait emprunté.

— Merci pour le déjeuner.

— De rien.

Il déplaça sa chaise pour qu'ils soient plus proches l'un de l'autre plutôt qu'en face, posant tranquillement la main sur la table, la paume vers le haut.

Quand elle ne vérifia pas qui pourrait les observer avant de poser les doigts sur les siens, cette chaleur en lui devint encore plus gluante.

Elle leva son regard vers lui, clignant timidement des yeux.

— C'est un rendez-vous amusant.

— Je pense que c'est un super rendez-vous, lui assura-t-il en lui caressant du pouce les articulations tout en inspirant profondément, laissant sa joie apparaître.

Elle fixait les doigts de Brad, passant sa langue sur ses lèvres. Et tout en lui se tendit.

Il se força à garder son contact doux.

— Ça a été aussi une matinée productive. On dirait que tu as lancé toutes les machines, et maintenant tu es coincée sur la partie où il faut attendre.

Hanna plissa le nez.

— La partie que je déteste le plus. Et c'est l'administration, alors avoir des documents, surtout pendant les fêtes, ça va être quasi impossible.

— Une autre raison pour toi de ne pas t'inquiéter de déménager avant février, lui rappela-t-il. Ça prendra aussi longtemps qu'il le faudra... il est inutile de paniquer pour le reste.

Elle ouvrit la bouche, et il était certain qu'elle allait encore lui dire *merci* quand elle hocha fermement la tête et changea de sujet.

— Tous les bureaux que je nettoie sont fermés pour Boxing Day et le reste de la semaine, alors ce sera une bonne occasion de m'occuper enfin de tout ce qu'il faut, ou d'aller à Calgary si c'est nécessaire pour des documents.

Brad pensa à autre chose.

— Je sais que tu as passé une série d'appels hier soir, mais y a-t-il de la famille avec qui tu devrais prendre contact ? Pour leur annoncer pour l'incendie et pour qu'ils ne s'inquiètent pas quand ils essaieront d'appeler le jour de Noël ?

Les doigts de Hanna s'immobilisèrent totalement, et avant qu'il ne puisse les attraper, elle les avait complètement retirés, serrant les mains sur ses cuisses alors qu'elle baissait les yeux et secouait la tête.

Elle était tellement différente de la femme chaleureuse et généreuse avec qui il avait passé la matinée. Cette Hanna ressemblait à un chiot que quelqu'un aurait frappé.

— Hanna ? Qu'est-ce qui ne va pas ? demanda-t-il doucement, baissant la voix.

Elle inspira profondément.

— Je n'ai pas de famille en dehors de Crissy.

Il attendit, recula lorsque Tansy apporta leur repas sur la table. Espérant désespérément que ce ne serait pas le moment où l'amie de Hanna choisirait de les taquiner.

Miracle parmi les miracles de Noël, soit Tansy était trop occupée pour rester, soit elle avait saisi l'idée générale du moment, parce qu'elle agita rapidement les doigts et s'éloigna en hâte.

Hanna prit sa cuillère et remua la soupe, faisant revenir les épais morceaux de légumes à la surface alors que s'élevait une vapeur à l'odeur savoureuse.

— *Hanna.*

Son prénom sortit comme s'il la suppliait, et d'une certaine manière c'était le cas. Il voulait que cette femme joyeuse revienne. Celle qui était encore là seulement un instant plus tôt.

— Je suis désolé d'avoir posé une question qui a touché un point sensible.

Elle posa la cuillère, son visage déterminé alors qu'elle tendait la main au-dessus de la table et posait les doigts sur son poing, le serrant pour le rassurer.

— Tu n'as rien fait de mal. Je suis simplement surprise que tu ne connaisses pas cette rumeur. Je n'ai pas vu ni eu de nouvelles de mes parents depuis des années, et je suis enfant unique.

Une autre famille avec des tensions internes. Malheureusement, c'était bien trop fréquent.

— Je suis désolé. Mon frère ne vient pas très souvent, et quand il le fait, il y a inévitablement une dispute.

— Avec toi ? demanda-t-elle.

— Avec papa, pour dire la vérité.

Elle écarquilla les yeux.

— Comment quelqu'un pourrait-il se disputer avec Patrick ? C'est l'homme le plus gentil et agréable que j'ai jamais rencontré. Avec un cœur en or.

Il lâcha sa main et pointa du doigt sa cuillère pour qu'elle commence à manger avant que ça ne refroidisse.

— Je suis content que tu penses que mon père est incroyable. En fait, je suis un peu jaloux.

Elle s'arrêta avec le bouillon à mi-chemin, restant bouche bée.

— Jaloux ?

— C'est bien que tu l'apprécies, lui dit Brad avec un sourire diabolique. Mais tu es *ma* petite amie.

Sa cuillère tomba avec fracas, et elle attrapa sa serviette pour essuyer les éclaboussures.

— *Brad.*

Il lui proposa aussi sa serviette.

— Est-ce que tu viens de m'insulter ?

— Qui se sent morveux... commença-t-elle.

La nourriture prit la priorité, une conversation aisée et des sourires faciles réapparurent. Brad rangea cette information sur sa famille pour une future conversation, et ils en restèrent là jusqu'à ce qu'ils rentrent à la maison.

Son père avait laissé un message sur la table près de la porte. Il était parti faire du shopping, mais serait rentré à temps pour le dîner.

Hanna se dirigea vers le couloir pour aller faire sa sieste quand elle s'arrêta et se retourna pour examiner Brad attentivement.

— Nous n'avons pas vraiment eu assez de rencards pour que tu m'appelles ta petite amie.

— Est-ce que ça a vraiment quoi que ce soit à voir avec la durée où nous nous voyons ? insista-t-il en se rapprochant. Hanna, je ne t'ai pas demandé de sortir avec moi parce que j'ai pensé que nous nous amuserions et que nous coucherions ensemble pendant quelques mois avant d'aller chacun de notre côté. Je t'*apprécie*. Beaucoup. Je ne sais pas où ça va nous emmener, mais je veux que tu penses à moi – à nous – sérieusement.

Il n'était qu'à quelques centimètres désormais, elle penchait la tête en arrière pour pouvoir le regarder.

Hanna déglutit péniblement.

Il pointa du doigt l'endroit au-dessus de leurs têtes où il

avait attaché une branche de gui de l'autre côté du chevron, où on ne le remarquait pas avant de se tenir pile à cet endroit.

— Tu *es* un gamin, dit Hanna doucement.

— Nous ne voulons pas enfreindre les règles de Noël, lui rappela-t-il avant de placer les doigts sous son menton.

Il s'avança doucement, suffisamment lentement pour qu'elle puisse s'échapper si elle le voulait, alors qu'il joignait leurs lèvres.

Un doux contact. Une fois. Deux fois, avant d'approfondir son baiser, demandant un peu plus. Et quand Hanna entrouvrit volontiers les lèvres pour qu'il puisse y entrer, tout en lui devint dur comme de la pierre.

Sauf son sang qui semblait imprégné d'effervescence, ou peut-être d'hélium, parce que ses pieds étaient sur le point de décoller du sol.

Les mains de Hanna se posèrent sur ses épaules, y enfonçant ses doigts alors qu'elle les serrait, sans le repousser ni le rapprocher. Là où il se trouvait lui semblait bien.

Le baiser se prolongea jusqu'à ce que la tête de Brad soit prête à exploser. Il n'était qu'à un pas de...

Non, il *fit* un pas en arrière, souriant alors qu'il reculait.

Hanna cligna des yeux, la respiration tremblante.

— Fais de doux rêves, lui dit-il. Je te réveillerai quand il sera l'heure d'aller chercher Crissy.

Il tourna le dos et s'éloigna, sifflant joyeusement.

8

De doux rêves ? Oh, Hanna faisait des rêves, ça oui. Mais doux n'était pas le mot, parce que s'il y avait eu du sucre là-dedans, il aurait caramélisé lors des trente premières secondes.

Son corps la picotait encore quand elle s'était glissée entre les draps. Hanna avait refusé de passer en revue chaque seconde du rendez-vous, ou de laisser son esprit s'attarder sur leurs mains serrées, ou le plaisir que cela avait été de l'avoir avec elle toute la matinée.

Même si cela s'était avéré impossible d'écarter leur baiser de son esprit. En fait, elle avait dû penser à ça quand elle s'était endormie parce que...

Des rêves. *Sexy*. Où tous ses vêtements disparaissaient par magie, et elle n'était plus dans son lit, mais dans celui de Brad, et à partir de là les choses devinrent un peu plus floues sur les détails, mais la chaleur resta... brûlante, terriblement chaude.

Mais peut-être qu'il y avait quelque chose de bien dans la chaleur, parce que finalement alors que ses membres se détendaient, elle tomba dans un profond sommeil. La sensation de bras musclés et prudents la serrant était bien trop réconfortante.

Quand elle se réveilla, Hanna roula sur le côté et regarda le réveil. Elle avait encore quinze minutes avant de devoir sortir du lit, alors elle s'étira paresseusement, sentant sa colonne vertébrale *craquer comme du pop-corn*.

C'était agréable de ne pas devoir se dépêcher. C'était agréable d'avoir l'impression d'avoir accompli de bonnes choses ce matin-là, même si, comme Brad l'avait signalé, maintenant elle était à l'étape de l'attente après la précipitation.

Elle se glissa dans la salle de bain, se brossa les cheveux et examina les poches sombres sous ses yeux. Elle était d'une beauté ces temps-ci.

La porte de la salle de bain du côté de Brad s'ouvrit et elle se retourna, levant les mains pour couvrir son corps.

— Stop. Je suis là...

Seulement, ce n'était pas Brad. À la place, un homme aux cheveux blonds se tenait dans l'embrasure. Ses yeux se posèrent sur elle, mais Hanna ne voyait plus rien. Elle hurla et le frappa à la tête avec sa brosse. À l'instant où le lourd objet entra en contact, elle fila vers la porte opposée et traversa sa chambre.

Deux pas dans le couloir principal et elle percuta un autre corps. Elle donna des coups de poing, luttant jusqu'à ce qu'elle reconnaisse la voix de Brad.

— Hanna, *arrête*. Qu'est-ce qui ne va pas ?

Elle se laissa aller dans ses bras tout en lui agrippant la taille.

— Il y a un homme dans ma salle. Notre salle. La *salle de bain*, réussit-elle enfin à expliquer, s'agrippant à son torse, mais se tortillant derrière lui comme une enfant qui se cachait.

Brad se redressa de toute sa taille et ouvrit la porte au moment où l'homme sortait de sa chambre.

Hanna se cramponna aux hanches de Brad.

— C'est lui.

— Mark ?

Le prénom fut projeté des lèvres de Brad sous la fureur.

— Qu'est-ce que tu fiches dans ma chambre ?

— J'admire les décorations. Ça ne m'étonne pas. Dès que tu as su que tout était à toi, tu as commencé à faire venir des femmes.

— Tu es dégoûtant, dit Brad.

Il s'avança tout en faisant un rempart de son corps entre Hanna et son frère, laissant une ouverture pour que Hanna puisse atteindre la porte de sa chambre.

— Hanna, va t'habiller, ajouta-t-il.

Elle disparut dans sa chambre, ferma la porte et la verrouilla derrière elle. Elle se précipita à travers la pièce, entra dans la salle de bain et fit la même chose à ce verrou, et seulement à ce moment-là, elle prit une inspiration.

Dans le couloir, les cris continuaient. Pas de la part de Brad – ses commentaires étaient maintenant rares, profonds et contrôlés. C'était l'autre homme qui avait élevé la voix, en faisant des commentaires à propos de favoritisme et de pouffiasses.

C'était nouveau. Elle n'avait jamais été traitée de pouffiasse. Elle avait entendu pute et putain, qui, comparés à pouffiasse, étaient bien plus insultants.

Un fracas résonna alors que quelqu'un percutait un des murs. C'était Mark, d'après les jurons qui suivirent.

Hanna avait les mains qui tremblaient pendant qu'elle enfilait ses vêtements, mais ses mouvements étaient déterminés, car il lui était impossible d'y échapper. Elle devait aller dans la partie principale de la maison pour prendre ses clés et pouvoir aller chercher sa fille.

Soudain, les choses étaient redevenues calmes. Elle se dirigea sans bruit dans le couloir sur la pointe des pieds, lançant des coups d'œil à chaque coin avant de s'engager dans le vestibule.

Brad l'attendait à l'entrée. Il l'examina avec soin, alors même qu'il secouait la tête.

— Je suis désolé.

— Qui était-ce ?

— Mon frère.

— Celui qui aime se disputer avec Patrick ?

Brad hocha la tête.

— Je lui ai pris sa clé. Il lui sera impossible de pouvoir rentrer dans la maison à moins qu'il casse quelque chose, et je lui ai dit que s'il le faisait non seulement j'appellerais la police, mais aussi une ambulance.

Le sous-entendu était facile à comprendre. Mark aurait *besoin* de l'ambulance...

Le nœud à l'intérieur de Hanna se détendit, même si elle n'aimait pas penser à la raison pour laquelle la violence était si rassurante. À l'évidence, elle était bien plus assoiffée de sang qu'elle ne l'aurait cru.

Brad l'entoura de ses bras, et elle s'avança contre lui, tremblant alors qu'elle inspirait profondément puis se détendait.

— Il m'a surprise, c'est tout. Il n'a rien fait.

— C'est la seule raison pour laquelle il respire encore, précisa Brad doucement. Il souffre, mais il respire.

Elle baissa les yeux, souleva la main de Brad pour examiner ses articulations. Effectivement, sa main droite était abîmée, par rapport au moment où elle l'avait tenue au déjeuner plus tôt dans la journée.

— Je l'ai frappé aussi, avoua-t-elle. Avec ma brosse à cheveux.

Brad laissa échapper un petit rire doux. Ça semblait inapproprié, et pourtant normal. Comme s'il était fier d'elle.

— Ça explique pourquoi le nez de Mark était tordu avant que je ne commence.

L'alarme de sa montre sonna… celle qu'elle avait réglée pour ne jamais être en retard pour aller chercher Crissy.

— Je dois y aller.

Il lui frotta le dos une nouvelle fois puis la lâcha. Il jura doucement et tendit la main vers son manteau, fourrant les pieds dans ses bottes.

— Je vais conduire.

Elle secoua la tête.

— Nous allons faire du shopping.

— Et ? Je dois encore faire des achats de Noël, répondit-il avant de mettre un bonnet sur sa tête puis de lui faire signe de sortir. Sérieusement. Hanna, tu ne peux pas déjà conduire. Tu trembles, et je veux m'assurer que cet enfoiré a pris mon avertissement à cœur et a quitté la montagne.

Elle ne protesterait pas. Tout son corps frissonnait, et elle n'avait pas le temps de se calmer, étant donné que l'école était presque terminée.

Le temps qu'ils aillent chercher Crissy et fassent du shopping, il était seize heures trente. Ils retournèrent à la maison et furent accueillis par l'odeur des steaks hachés qui cuisaient et des chants de Noël.

Les tacos du dîner furent suivis par la décoration du sapin, et la journée se termina en allant à l'écurie pour rendre visite aux chatons.

Crissy devint silencieuse alors qu'elle les câlinait. Son enthousiasme précédent était étouffé.

Hanna passa un doigt sur la fourrure douce du chaton posé sur les genoux de sa fille.

— Est-ce que ça va, ma puce ?

Crissy hocha lentement la tête avant de la secouer.

— J'ai écrit une lettre à papa Noël. Nous étions censés les envoyer aujourd'hui, mais je n'avais pas la mienne.

Sa tristesse était tangible. Hanna passa les bras autour de Crissy et l'étreignit, pressant leurs joues l'une contre l'autre.

— Tu as encore le temps, lui assura Hanna. Tu sais que papa Noël utilise un service postal magique.

— Je sais. Mlle Fields m'a déjà aidé à en écrire une autre, mais c'était une lettre vraiment *bien*, se plaignit Crissy.

Cette fois, il lui fut plus facile de sourire, de tapoter sa fille sur le dos.

— Je parie que la nouvelle est tout aussi bien. Est-ce que tu es prête à aller te coucher maintenant ?

— Presque.

Crissy effectua tous les gestes pour se préparer à aller se coucher, mais quand elle fut au lit et leva les yeux vers Hanna, sa lèvre inférieure trembla.

— Tu *dois* aller travailler ? demanda-t-elle.

Hanna s'assit au bord du lit.

— Oh, ma puce. Oui. Mr Patrick est là pour garder un œil sur toi. Tu n'as pas à avoir peur.

— Je n'ai pas peur, insista Crissy. C'est toi qui as failli être brûlée. Papa Noël s'est occupé de moi.

Elle baissa la voix.

— Il m'a dit de me cacher. Et s'il ne te dit pas de te cacher ?

Sa poitrine se serra, et Hanna étreignit sa petite fille, sans trop savoir de quoi Crissy parlait, en dehors d'avoir peur.

— Je suis contente que papa Noël ait pris soin de toi, mais maman ira bien.

— Tu le promets ?

Hanna se redressa alors qu'elle dessinait une croix sur son cœur.

— Je te le promets.

Crissy se redressa sur ses genoux et lança les bras autour du cou de Hanna, l'embrassant fort avant de se laisser tomber sur le matelas.

— Je te verrai demain matin, dit-elle doucement.

— Maman viendra t'embrasser quand elle sera rentrée.

Elle l'embrassa aussi avant de partir avant de s'en aller dans le couloir.

— Je vais m'occuper d'elle, promit Patrick. Ne t'inquiète pas.

Les instants suivants s'avérèrent être parmi les plus difficiles auxquels Hanna avait dû faire face. Quitter ce refuge chaleureux et sûr et sortir pour aller à la camionnette où l'attendaient ses produits d'entretien. Partir en voiture, les lumières accueillantes de Lone Pine disparaissant derrière elle alors qu'elle prenait la route.

Faire face aux peurs dont elle ignorait la présence. Comme laisser sa petite fille et retourner dans les ténèbres...

Hanna agrippa le volant plus étroitement et continua, parce que c'était ce qu'elle faisait toujours. Elle continuait à avancer péniblement, peu importait à quel point c'était difficile.

Brad termina de nettoyer la cuisine, émettant un petit rire alors qu'il rangeait la cinquième casserole. C'était pour ça que sa mère avait toujours été réticente à laisser son père cuisiner. Il ne pouvait pas faire cuire un œuf sans utiliser trois poêles.

La maison était devenue plus silencieuse après le départ de Hanna. Les craquements et les soupirs d'une maison chaleureuse lors d'une froide journée se mélangèrent aux chants de Noël arrivant encore de la salle de séjour. Son père avait sorti une pile d'anciens disques un peu plus tôt dans la soirée et cela avait absolument fasciné Crissy quand il lui avait montré comment les Frisbees magiques produisaient des sons.

Maintenant, les cannes de son père résonnaient comme de lents tambours sur le parquet alors qu'il se déplaçait dans la cuisine.

— Mets la bouilloire en route, ordonna Patrick.

Brad se déplaça pour obéir à la requête, sortant quelques cookies de Noël de la boîte à biscuits remplie pour les mettre sur une assiette et les placer devant son père.

— Comment te sens-tu ?

Il avait surpris son père à se frotter les jambes plus tôt dans la soirée, un indice certain que la météo était prête à changer.

Patrick fit la grimace.

— Oh, elles m'élancent, mais elles m'emmènent toujours là où je dois aller, alors je n'ai pas de quoi me plaindre. Je veux te parler de quelque chose.

Brad termina de s'essuyer les mains sur le torchon, l'accrochant pour qu'il sèche avant de rejoindre son père à table. Le vent hurlait, secouait les carreaux, et faisait vaciller la lumière de la cour alors que la neige tourbillonnait devant.

— La tempête approche ? demanda Patrick.

Il y avait autre chose qui fit sourire Brad.

— Tu n'as pas regardé les infos ce soir. Je crois que c'est la première fois depuis des années que tu n'as pas passé toute la soirée collé à l'écran.

Son père attrapa un des biscuits et commença à le retourner entre ses doigts, gigotant. Il gigotait vraiment.

— Eh bien, oui, j'étais occupé.

Occupé à jouer avec une enfant de huit ans qui le regardait avec des yeux écarquillés et de la joie alors qu'il lui montrait comment soigneusement équilibrer une pièce de 25 cents sur la pointe de lecture pour la maintenir bien en contact avec le vinyle pour produire la magnifique musique.

Brad choisit de ne pas le taquiner. À la place, il prit un

biscuit et marqua une pause pour admirer ce qui devait être une des tentatives de décorations de Crissy.

— Quand allais-tu me dire que Mark s'était pointé ? demanda son père sévèrement.

Une vague de colère traversa Brad, mais il choisit de mordre la tête de son biscuit de pain d'épices au lieu de réagir trop vite. Quand il eut terminé de détruire la sucrerie, il était prêt à répondre avec maîtrise.

— Il s'est pointé et je lui ai dit qu'il n'était pas le bienvenu à moins d'être invité. C'est à peu près tout.

Son père le regarda fixement, ses doigts tapotant la table.

— Hanna semble beaucoup plus guillerette que je ne m'y attendais, étant donné ce qui s'est passé.

— Je m'attends à ce que le choc de l'incendie apparaisse quand même, lui dit Brad doucement. Crissy aussi. Alors, tiens-toi prêt si ça se produit pendant que tu es seul avec elle.

Patrick émit un son pensif.

— Je veux que tu me donnes des pistes sur ce que je dois faire si ça se produit, mais ce n'est pas de *ça* que je parlais.

Brad marqua une pause.

— Je ne sais pas ce que tu veux dire, alors.

Son père lui envoya ce regard qui était habituellement réservé pour les moments où il était extraordinairement bête et incapable.

— Un parfait inconnu l'a surprise. Tu ne crois pas que ça lui a fait un peu peur ? Même si je sais que Mark ne ferait jamais quoi que ce soit pour lui faire du mal, elle ne le savait pas.

— Elle était effrayée, mais elle s'est quand même défendue.

Brad lutta une seconde avant de céder et de laisser un grand sourire apparaître.

— Elle ne lui a pas vraiment cassé le nez, mais elle a bien tenté le coup.

Patrick secoua la tête.

— J'espère qu'il grandira un jour. Je ne sais pas pourquoi il faut qu'il soit comme ça.

Brad se leva pour aller chercher la bouilloire qui sifflait, mais il parla fermement à son père.

— Ce n'est pas ta faute... son comportement. Je ne sais pas ce que Mark faisait ici, mais Hanna semblait bien se remettre.

Son père attendit qu'ils soient tous les deux de nouveau installés à table avant d'entreprendre de titiller le monde calme et ordonné de Brad.

— J'ai rencontré Hanna pour la première fois peu de temps après qu'elle est arrivée en ville, révéla-t-il. Elle se trouvait au commissariat à faire un contrôle de ses antécédents judiciaires pour pouvoir faire son ménage et tout le toutim. Je faisais faire le mien pour pouvoir me porter volontaire avec les enfants.

La prudence dont les écoles et autres endroits faisaient preuve avec les volontaires était une chose que Brad approuvait profondément. Après la mort de sa mère, être bénévole était devenu la distraction numéro un dans la vie de son père.

— Tu la connais depuis bien plus longtemps que moi, signala-t-il.

Le regard de Patrick le saisit, clair et vif.

— Tu ne vas pas la laisser filer, n'est-ce pas ?

C'était direct.

— Ce ne sont pas tes affaires, répondit-il, surtout parce qu'il savait que ça ferait sourire son père.

Seulement, Patrick ne sourit pas.

— Cette fille a de mauvais souvenirs qui datent de son enfance. Je sais que nous traversons une période difficile avec ton frère, mais avec Connie et moi, vous avez eu une bonne éducation. Vous *saviez* que nous étions là pour vous, et que vous étiez aimés.

Brad repensa aux quelques moments énigmatiques où

Hanna avait parlé de son enfance. Quand elle mentionnait sa famille, elle s'arrêtait toujours à mi-chemin.

— Tu me dis que Hanna n'avait pas ça ?

— Je dis que tu devrais vraiment lui parler, t'assurer qu'elle sache que tu ne cherches pas simplement à passer du bon temps.

Résister à la tentation de rouler des yeux était bien plus difficile qu'il ne s'y attendait.

— Je ne savais pas que tu avais commencé un nouveau hobby, marmonna-t-il à son père.

Patrick haussa un sourcil.

— Sérieusement, si tu veux jouer les entremetteurs, il y a quelques-uns de tes amis, qui je pense, sont bien au-delà de l'âge où ils devraient passer à l'action.

Son père se mit à rire.

— Oui, enfin, il est difficile d'apprendre à faire la grimace à un vieux singe. Mais tu dois avancer prudemment, lui dire clairement ce qui se passe dans ta tête. Ne garde pas de secrets.

— J'essaie de ne pas l'effrayer, signala Brad. Lui annoncer directement ce que j'ai prévu tombe probablement dans la catégorie *des manières de la faire flipper*.

Il ne pensait pas qu'il devait mentionner qu'il avait essentiellement fait ça seulement quelques heures plus tôt.

— Pas nécessairement, lui assura Patrick. Mais probablement que le meilleur moyen pour toi de découvrir ce dont elle a vraiment besoin, c'est de lui parler.

Ce qui semblait être une idée incroyable. Brad vida son mug et se leva.

— Tu maîtrises, là ?

Patrick lança un coup d'œil à sa montre.

— Tu sors ? Maintenant ?

— Si c'est bon pour toi, oui.

Il posa les mains sur la table et se pencha en avant, permettant à son sourire de se dévoiler.

— Quelqu'un vient de me donner un très bon conseil en me disant que je devrais parler avec ma nana. Heureusement, je sais exactement où la trouver.

Alors qu'il se retournait et quittait la pièce, le petit rire de son père dansa dans l'air avec la musique.

Brad retourna discrètement dans le couloir et ouvrit prudemment la porte de la chambre de Crissy, lui lançant un coup d'œil. Elle était pelotonnée au milieu du lit avec une pile de coussins autour d'elle, roulée en boule comme un chaton. Sa respiration était douce et régulière, et Brad n'essaya pas de lutter contre l'étrange et nouvelle sensation qui apparaissait en lui en la regardant dormir.

Il referma discrètement la porte et enfila un manteau épais avant de sortir dans le froid. Pendant tout le trajet pour descendre la colline vers la ville, il réfléchit au fait que, même s'il était revenu à Heart Falls avec l'intention d'en faire son foyer, il ne se serait jamais attendu à trouver quelqu'un comme Hanna ni comme Crissy qui étaient toutes les deux tellement parfaites pour lui.

Il ne pensait pas que la plupart des hommes rêvaient de devenir père, pas comme les femmes qui semblaient être obsédées par l'idée d'avoir un bébé, mais il voulait une famille. Voir Crissy sourire, observer sa tristesse s'effacer alors que Hanna lui parlait doucement... faire partie de la vie de cette petite fille lui plaisait autant que les autres attraits de trouver une partenaire.

Oh, il avait envie de Hanna. Il n'y avait aucun doute qu'il était impatient d'avancer dans leur relation physique.

Mais il voulait tout autant avoir Crissy dans sa vie, qu'elle lui demande de lui lire des histoires ainsi que l'écouter alors qu'elle racontait ce qu'elle faisait à l'école. Peut-être que cela le rendait étrange aux yeux du monde, mais qu'il en soit ainsi.

Il s'en fichait pas mal de ce que le monde pensait.

Il se gara derrière la camionnette que Hanna avait empruntée et s'avança. Elle était visible, en train de passer l'aspirateur dans le bureau du dentiste local. Il frappa à la porte vitrée, et elle se redressa brusquement, confuse jusqu'à ce qu'elle le remarque.

Elle sourit pendant une fraction de seconde avant d'écarquiller les yeux. Elle se précipita, l'inquiétude s'emparant de ses traits.

À l'instant où elle ouvrit la porte, il déclara calmement :

— Crissy va bien.

Elle recula, la main sur sa poitrine, alors que le soulagement apparaissait sur son visage et que Brad se faufilait à l'intérieur. Il ferma et verrouilla la porte derrière lui.

— Tu m'as fait peur.

— Désolé, mais je ne savais pas si tu m'entendrais si je téléphonais, et je ne pensais pas qu'un coup de fil t'effraierait moins. Je suis allé la voir avant de venir. Elle dormait à poings fermés.

Hanna pencha la tête et l'examina.

— Pourquoi es-tu ici ?

Il lui lança son plus grand sourire.

— Pour t'aider.

Un sourcil s'arqua plus haut que l'autre.

— Parce que le ménage est une chose qu'on enseigne à l'école des pompiers ?

Il passa les doigts sur la joue de Hanna.

— En fait, oui. Pas la partie ménage, mais sur le fait que ça peut être difficile pour toi d'être seule, dans une situation similaire à celle où tu as récemment vécu un événement traumatisant.

Elle resta immobile pendant une seconde avant de presser sa joue contre la main de Brad, comme pour lui assurer qu'elle n'allait pas s'enfuir.

— Oh.

Il se rapprocha, la tenant toujours alors qu'il se penchait pour lui voler un baiser.

Il recula avec réticence, content de la manière dont le pouls de Hanna palpitait de façon visible à la base de sa gorge.

— Comment se passe le ménage ?

Hanna déglutit péniblement. Elle se reprit avant de répondre avec une énergie forcée dans la voix.

— Super. Ça se passe super bien. Je dois terminer de passer l'aspirateur puis je pourrai passer la serpillière, et ce bureau sera terminé.

— Ravi de l'entendre. En quoi puis-je t'aider ?

9

Il était inutile qu'elle proteste... c'était évident vu la position déterminée des épaules de Brad. Pour une certaine raison, elle aurait de l'aide ce soir-là.

Hanna haussa les épaules et pointa du doigt les sacs-poubelle qu'elle avait empilés près de l'entrée.

— Si tu les emmènes à la benne dehors, je n'aurai pas à le faire plus tard.

— Compris, cheffe.

Brad lui offrit un salut avant de se mettre au travail.

Hanna se concentra sur ses tâches, mais il y avait un peu plus de chaleur qui l'entourait alors qu'elle passait l'aspirateur derrière des chaises à roulette et dans les coins.

Cela avait été éprouvant de venir en ville seule. Que Brad soit venu était une bonté spéciale à laquelle elle ne s'était pas attendue. Cela faisait la différence.

Il attendait sur le trottoir quand elle ferma la porte derrière elle et la verrouilla. Un vent glacé les balaya alors qu'elle rangeait les clés dans sa poche.

— Merci d'être venu.

— Pas de problème. Où allons-nous ensuite ? demanda-t-il.

— Brad. Tu ne peux pas m'aider toute la soirée, protesta-t-elle.

— Si, je le peux.

Oh là là.

— Je n'ai pas l'énergie pour me disputer avec toi, l'informat-elle avant de tourner les talons et d'avancer vers la camionnette qu'on lui avait prêtée.

Effectivement, il la suivit à travers la ville jusqu'à une petite église non dénominationnelle [1] qui était sur la liste ce soir-là. L'extérieur était illuminé avec une scène de la nativité, et elle s'arrêta instinctivement, le regard attiré par la gravure de Marie, le ventre rond, qui se tenait près de la mangeoire. Le bras de Joseph était passé autour de ses épaules.

L'église se trouvait sur le trajet où Hanna avait ramené Crissy à la maison à pied toute cette semaine, et la logistique d'échanger une Marie enceinte et de glisser bébé Jésus dans la mangeoire le matin de Noël avait fasciné sa fille.

Aujourd'hui, les pensées de Hanna erraient davantage vers l'époque où elle avait été cette femme enceinte, quand son ventre avait tellement grossi que son équilibre était instable. Elle n'avait eu personne pour mettre une main sur son épaule, et l'histoire de l'auberge qui n'avait pas de chambre...

Elle avait déjà donné.

Elle en détacha les yeux et gravit d'un pas déterminé les marches comme si elle pouvait s'éloigner de ces souvenirs.

Elle avait presque oublié que Brad était sur ses talons jusqu'à ce qu'elle s'arrête brusquement à l'intérieur. Il lui attrapa les bras au lieu de la percuter et de l'envoyer au sol.

— Oups.

Hanna fit volte-face avec un air coupable.

— Ce n'est pas ta faute. Je ne faisais pas attention.

Le regard de Brad s'aiguisa alors qu'il examinait son visage, lui retirait ses gants et l'entraînait avec lui plus loin dans le sanctuaire.

— Qu'est-ce qui ne va pas ?

Elle secoua la tête, sur le point d'insister pour lui dire que ce n'était rien quand son envie incontrôlée de parler franchement fut frappée de deux coups simultanés. Si elle devait mentir, ce ne serait pas en se tenant au milieu d'une église.

Elle plaça les doigts entre les siens et l'attira latéralement, l'emmenant sur le côté du sanctuaire où était placé un long banc contre le mur du fond. Dans l'église où elle avait grandi, c'était là que les familles avec de jeunes enfants s'asseyaient pour pouvoir sortir rapidement si un enfant devenait trop bruyant.

Elle ne savait même pas pourquoi elle voulait lui dire quoi que ce soit, en dehors du fait qu'ils étaient dans une église. Peut-être que cela suffisait pour soutirer une confession à quelqu'un.

— Je repensais à la période où j'étais enceinte de Crissy.

Brad enroula les doigts autour des siens, la chaleur l'envahissant alors qu'il les frictionnait doucement.

— J'ai toujours supposé que ça n'avait pas été une période particulièrement positive, mais je sais que tu l'aimes. Est-ce que ça constitue des souvenirs à la fois heureux et tristes ?

Hanna hocha la tête.

— Elle n'était pas prévue, évidemment. Et le garçon avec qui j'étais n'allait pas laisser un accident foirer sa vie. Il m'a dit qu'il paierait pour un avortement, mais que si je voulais garder le bébé, je serais seule.

Brad jura doucement, mais il contint sa force sur ses doigts.

— Je suis content que tu aies choisi de l'avoir. C'est une magnifique enfant, Hanna.

— C'est mon cœur, révéla Hanna doucement. Mais cette époque était difficile.

C'était un euphémisme de grande ampleur.

— Où est ta famille ?

Les mots étaient sortis doucement, mais ils lui firent quand même mal. C'était la question à laquelle elle n'était pas prête et pourtant la véritable raison pour laquelle ses pieds lui semblaient soudain être devenus lourds comme du plomb.

— Au Sud de l'Alberta. Il n'y avait que moi et mes parents. Quand je leur ai dit que j'étais enceinte...

Elle essaya de gagner du temps suffisamment longtemps pour que Brad émette un son, profond et grondant dans son torse, et l'instant d'après, Hanna se retrouva assise sur ses genoux.

Elle se tortilla, mais ses bras étaient verrouillés autour d'elle.

— Brad, nous sommes dans une église.

— Et tu as besoin d'une étreinte. Ces deux choses ne sont pas incompatibles.

Il la serra fort pendant un instant, le menton posé sur le dessus de sa tête, et c'était plus facile d'une certaine manière parce qu'il ne pouvait pas voir son visage. Il était totalement attentif, son langage corporel le lui disait, mais ne pas devoir le regarder lui facilita la tâche pour continuer.

— Ma grossesse n'a pas été bien reçue.

Elle ne savait toujours pas pourquoi elle le racontait à Brad, mais la boule de douleur qu'elle gardait à l'intérieur, contenant son passé – un petit coin du fil commença à s'effilocher et à se défaire alors que ses mots s'échappaient.

— *Ils* m'ont traitée de quelques noms, puis de dégager. Ils refusaient de m'avoir sous leur toit encore une seule nuit.

En fait, les bras de Brad se resserrèrent, et ses lèvres remuèrent contre sa tempe.

— Ils avaient tort. Ils ne méritent pas de t'avoir dans leur vie.

— Je sais. Je le sais vraiment.

Elle resta immobile, se demandant exactement à quel point elle pouvait être courageuse. Pourtant... c'était Brad. L'homme qui avait insisté pour être son petit ami. Ils sortaient ensemble depuis très peu de temps, mais elle connaissait une vérité solide.

Elle lui faisait plus confiance qu'elle ne l'avait fait avec qui que ce soit depuis des années.

Elle pencha la tête en arrière et regarda ses yeux bleus lumineux, tendit la main pour passer la paume sur sa joue puis la souleva plus haut pour que ses doigts caressent la surface rugueuse de son crâne, le touchant tout en retrouvant son calme au passage.

— Tu as dit que c'était répandu qu'un choc apparaisse après un événement comme cet incendie. Est-ce que ça inclut un comportement étrange, comme de vouloir dire quelque chose de très sérieux à quelqu'un ?

Le regard de Brad se posa sur ses lèvres.

— Je ne sais pas si c'est le choc, ou simplement un signe que deux personnes apprennent à se connaître.

Hanna rassembla son courage et fonça.

— Je sais que tu es sérieux, au sujet de cette affaire de petite amie, et cette idée fait trembler quelque chose en moi. Je pense que je veux que tu sois mon petit ami, mais j'ai tellement peur. Je n'arrive pas à me faire à l'idée que quelqu'un d'aussi bon, courageux et gentil que toi veuille quelqu'un comme moi, quand tous ceux qui étaient censés m'aimer m'ont rejetée.

L'expression de Brad à ce moment-là... on aurait dit qu'il était prêt à affronter le monde pour elle. Il lui attrapa le poignet, pressa sa paume contre sa bouche et déposa un baiser au centre avant de reculer et de parler avec une autorité nette et précise.

— Mon sucre, leur manque d'amour n'a jamais été ta faute. Si quelqu'un ne t'aimait pas, c'était entièrement son problème. Ils t'ont fait terriblement mal, mais c'est leur faute.

Il posa le front contre le sien et la regarda dans les yeux.

— Merci d'avoir été honnête. Nous ne prenons pas une décision maintenant, mais je suis content d'entendre que tu ne penses pas que je suis un mauvais numéro. Je peux être patient, mais je ne vais pas abandonner.

Une autre partie du cordon autour de son cœur se défit. La pression à l'intérieur devint plus douce, avec plus d'espoir.

— S'il te plaît, n'abandonne pas.

Elle le laissa l'étreindre et profita complètement de sa proximité pour passer les bras autour de son cou et pouvoir s'imprégner de sa force masculine et chaleureuse.

Ils restèrent là pendant encore cinq minutes avant qu'elle ne soupire.

— Je dois me mettre au travail. Et étant donné la période de l'année, je veux qu'il soit excellent ici.

— Dis-moi quoi...

Un bip doux, mais insistant résonna dans sa poche, Brad plaqua une main sur sa hanche en jurant. Il sortit son téléphone et lança un coup d'œil au message.

— Je suis désolé. Je dois filer.

Elle quitta ses genoux et l'accompagna à la porte.

— Je ne m'attendais pas vraiment à ce que tu fasses mon travail en plus du tien, lui signala-t-elle.

— Si tu as besoin de moi, appelle, insista Brad.

Il lui attrapa le visage et attendit qu'elle hoche la tête. Puis il lui lança un grand sourire et se pencha pour l'embrasser goulûment.

Ça lui semblait bien trop facile de passer les bras autour de lui, et quand il se redressa et que les pieds de Hanna quittèrent le sol, les bras serrés autour de lui et les mains de Brad lui agrippant les hanches les maintenaient en contact. Tout son corps solide se pressait contre elle alors qu'il approfondissait davantage le baiser et faisait picoter tout son corps.

Quand il la reposa au sol, elle s'accrocha à lui pendant un instant pour reprendre son équilibre.

Un petit rire doux échappa à Brad, et elle lui donna un petit coup sur le torse tandis qu'il la lâchait.

— Brad. C'est un comportement inapproprié dans une église.

— Sérieusement. Ce n'est pas ma faute, insista-t-il avant de lever le doigt au-dessus de leurs têtes.

Hanna leva la tête et vit, effectivement, qu'une autre redoutée branche de gui avait été accrochée au plafond bien en vue, juste là à l'entrée de l'église.

— Qui accroche du gui dans une église ?

— Je ne vais pas en demander *la raison* alors que *l'effet* est aussi satisfaisant, signala Brad.

Il passa ses jointures sur la joue de Hanna puis recula.

— Fais attention en rentrant quand tu auras terminé, ajouta-t-il.

Puis il s'en alla. Un tourbillon d'air hivernal et vif se glissa autour d'elle comme une étreinte glacée, revigorante, rafraîchissante et qui la picota bien trop.

Hanna se mit au travail, la bougie de l'espoir brûlait dans son cœur.

C'ÉTAIT un de ces appels qui, normalement, aurait fait pousser un soupir de soulagement à Brad. Aucun bâtiment n'était menacé, aucun bétail ne gênait. Mais le fermier qui avait attendu après minuit pour décider que le tas de broussailles qu'il avait enflammé brûlait bizarrement n'était pas sur la liste des personnes préférées de Brad en cet instant. Pas après qu'il avait été éloigné de ce qui s'avérait être une soirée fantastique.

Bien sûr que le feu brûlait anormalement. Sans que leur père le sache, les adolescents de la famille avaient caché toute une boîte de feux d'artifice à la base de la pile, prévoyant de les en sortir pendant les fêtes quand maman et papa seraient partis rendre visite à des amis.

Dan Simpson grimaça, baissant la tête comme s'il se cachait de coups de feu alors qu'une autre salve se déclenchait derrière eux.

— Ils feront des corvées supplémentaires pendant toutes les vacances, fais-moi confiance, informa-t-il Brad.

— Si tu es à court de corvées salissantes à faire ici, envoie-les à la caserne, suggéra Brad. Nous avons des tas d'équipements qui ont besoin d'être récurés.

Un léger amusement apparut sur le visage agacé du fermier, et il donna une tape sur l'épaule de Brad.

— Je le ferai.

Brad attendit avec le camion que la pyrotechnie s'épuise d'elle-même, esquivant encore une fois quand une fusée s'échappa et fila droit entre lui et Mack.

Celui-ci se mit à rire, se sortant de la congère dans laquelle il avait atterri.

— Je n'ai jamais eu à gérer des feux pareils quand j'étais à Calgary.

Brad secoua la tête.

— Les feux d'artifice ce n'est pas grave. C'est pire quand c'est un des chalets des anciens et que tu découvres qu'il a une réserve de munitions sous son lit. C'était comme marcher dans une zone de guerre pour essayer de sortir le vieux Clancy

Miller de sa baignoire avant que toute la maison ne parte en fumée autour de lui.

Mack fixa Brad pendant un instant comme s'il essayait de déterminer s'il mentait ou pas.

Brad haussa un sourcil, mais ne fit pas de commentaire.

Son ami secoua la tête.

— Les choses dont les gens ne t'avertissent pas concernant la vie dans les petites villes...

Ils avaient laissé le reste de l'équipe s'en aller, alors il n'y avait que lui et Mack qui retournaient à la caserne. Ils garèrent le camion et rangèrent leur équipement, s'assurant que tout sera prêt pour la prochaine fois que le matériel sera nécessaire.

Brad lança un coup d'œil à son second, tous deux étaient les seuls pompiers rémunérés à plein temps dans la communauté.

— Qu'as-tu de prévu pour les fêtes ?

Mack haussa les épaules.

— Je travaille, alors je vais rester dans le coin.

C'était stupide qu'il n'y ait jamais pensé avant cet instant, mais c'était ce qu'il fallait faire.

— Joins-toi à nous pour le jour de Noël.

— Je ne peux pas, répondit Mack avec un grand sourire alors qu'il rangeait la dernière veste. J'ai déjà un rencard, et elle est plus jolie que toi.

Brad s'arrêta net.

— Pourquoi je ne le savais pas ? Qui vois-tu ?

Le grand sourire de Mack faisait un kilomètre de large.

— Tu ne l'as pas remarqué parce que tu es un peu obsédé et que tu n'as pas de place pour quoi que ce soit dans ton cerveau en dehors de Hanna Lane. Et la réponse à ta deuxième question est Brooke.

— Brooke la mécano ?

— Oui.

Hum. Brad y réfléchit pendant un instant avant de hausser les épaules.

— Je suis content pour toi.

— Merci pour cette preuve de confiance. Pas que j'attendais que tu m'accordes ta bénédiction ou je ne sais quoi.

— Tais-toi.

— Pas de problème. Je dois aller pioncer au cas où nous aurions d'autres célébrations explosives de ce genre. Au fait...

Mack se retourna dans l'embrasure de la porte qui menait aux dortoirs où il logeait sur place.

— L'inspectrice a déjà rendu son rapport sur l'incendie du bâtiment Jameson... chez Hanna. Il a démarré à cause d'un court-circuit dans le cabinet d'avocat à l'avant. Il n'y avait pas de vandalisme et ce n'était la faute de personne excepté celle des propriétaires du bâtiment.

— Parfait. Merci de me l'avoir dit.

Brad rentra chez lui, prit une douche chaude avant de s'écrouler sur son matelas.

Le rapport d'incendie n'était pas une chose qui l'avait inquiété, parce qu'il savait que Hanna n'aurait rien fait pour le provoquer, mais qu'elle soit blanchie était comme un cadeau de Noël supplémentaire.

Il ne savait pas ce qui l'avait réveillé, mais soudain, il se redressa dans son lit, écoutant attentivement. Si son frère furetait...

Ses pieds touchèrent le sol, et un instant plus tard, il était dans le couloir.

Un geignement résonna derrière la porte de Hanna, et il n'hésita pas. Il se glissa à l'intérieur, traversa la pièce vers la salle de bain pour allumer pour que lorsqu'elle se réveillerait, elle puisse voir qui était là.

Elle se débattait violemment, sa tête tournant d'un côté à l'autre.

Il s'approcha du lit.

— Hanna.

Ses bras tremblaient, son visage était crispé alors qu'elle se roulait en boule, se plaçant sur le côté comme pour se protéger.

Il était possible qu'il soit sur le point d'être frappé, mais il ne pouvait pas la laisser continuer à souffrir dans son cauchemar. Il s'installa au bord du lit, posa fermement une main sur le dessus de la couette et appuya sur son épaule. Parlant avec plus de force, il dit :

— *Hanna.* Tu fais un mauvais rêve. Réveille-toi.

Elle ouvrit brusquement les yeux, eh oui, son bras jaillit, ratant de peu son visage. Il se tendit, prêt à s'éloigner au premier signe de peur dans ses yeux alors qu'elle se concentrait sur lui.

À la place, elle se redressa brusquement et se jeta dans ses bras, s'accrochant à lui. Elle frissonnait alors qu'elle forçait les mots à sortir :

— Crissy va bien. L'incendie est terminé. Non ?

Il la serra plus étroitement, voulant la protéger du passé.

— Crissy dort à poings fermés et ronfle. L'incendie s'est produit, mais c'est fini. Tu es en sécurité. Vous êtes toutes les deux en sécurité avec moi. Tu comprends, mon sucre ?

Elle hocha la tête contre son torse.

— Mon Dieu, c'était le rêve le plus réel que j'ai jamais fait.

Elle prit une inspiration profonde et toujours tremblante puis serra le poing et frappa son torse.

Il grogna sous la surprise.

— Hé. Pourquoi as-tu fait ça ?

Elle frissonnait encore, mais maintenant sa voix contenait une touche de regret, et elle essaya de rire.

— C'est toi qui m'as dit que je ferais une espèce de crise de panique. Merci d'avoir provoqué mon cauchemar.

Brad émit un petit rire et repositionna ses bras autour d'elle.

— J'accepte la responsabilité.

Hanna pencha la tête en arrière, passa sa main derrière son cou pour lui caresser la tête.

— Je te taquinais. Ce n'est pas de ta faute.

Douce innocente.

— J'accepte quand même la responsabilité. J'ai les épaules assez larges.

Elle baissa les yeux, les écarquillant légèrement comme si elle se rendait compte qu'il n'avait pas de tee-shirt. La seule chose qui était entre eux était la fine couche de celui qu'elle portait – un des siens, ce qui lui donna une bouffée de plaisir.

Elle avait une main autour de son cou et l'autre enroulée autour de son biceps. Il aimait bien trop son contact étant donné là où ils en étaient dans cette relation. C'était pour ça qu'il s'attendait complètement à ce qu'elle lui donne peut-être un baiser avant de filer vers la sécurité.

À la place, Hanna le caressa. Son contact était léger comme une plume sur son biceps, remontant plus haut avant de redescendre. Son regard était fixé sur ses doigts alors qu'elle explorait, remontait puis avançait sa main vers son deltoïde, puis le long du bord de ses côtes.

Brad retenait presque son souffle alors qu'elle s'éloignait assez pour exposer son abdomen. Il perdit le souffle dans un hoquet brusque lorsque les doigts de Hanna passèrent lentement sur son ventre avant de glisser le long de son muscle oblique.

— Hanna ?

Il déglutit péniblement. Il ne savait pas ce qu'il voulait demander sauf qu'il espérait, Seigneur, qu'elle ne s'arrête pas.

Elle pressa complètement sa paume chaude contre son torse avant de lever les yeux vers les siens.

— Reste avec moi.

Cette fois, ce fut lui qui frissonna. Il n'allait pas refuser, mais bon sang, il ne la laisserait pas aller plus loin qu'elle ne l'apprécierait au matin.

— Je resterai jusqu'à ce que tu t'endormes.

La confusion apparut sur ses traits.

Il reprit le contrôle, retira la couette et glissa Hanna vers le milieu du matelas afin qu'il y ait de la place pour qu'il se joigne à elle. Il s'installa sur le lit à côté d'elle, la gardant nichée contre lui. Les cuisses de Hanna frôlaient les siennes et son torse se frottait contre le sien. Il plaça la tête de Hanna sur son bras et remua jusqu'à pouvoir baisser la main sur elle.

Une douce lueur s'échappait de la salle de bain et se reflétait dans ses yeux écarquillés. Il laissa glisser ses doigts sur la poitrine de Hanna, son cœur battait aussi fort qu'il l'avait fait quand il était entré dans la chambre, mais maintenant, semblait-il, pour une bien meilleure raison.

Hanna s'humecta les lèvres, et la bonne résolution de Brad faiblit.

— Je vais t'embrasser, Hanna Lane, et il n'y a pas un seul brin de gui aux alentours.

Les lèvres de celle-ci s'incurvèrent une seconde.

— D'accord.

Il se rapprocha puis recula comme s'il s'était souvenu de quelque chose.

— Je vais te toucher, l'avertit-il.

Elle faufila les doigts sur son corps, les incurvant sur ses pectoraux.

— D'accord.

Seigneur, il allait exploser vu la manière dont elle disait ce simple mot. Il se rapprocha de nouveau, et cette fois, puisqu'il avait été gentil et avait demandé la permission, il n'y avait pas de raison d'y aller lentement, pas de raison de commencer doucement, alors il prit sa bouche et la consuma. Il s'appuya contre elle parce qu'il le pouvait, pressant leurs corps et pourtant ne roulant pas sur elle pour la prendre contre le matelas...

La courtoisie tenait à peine en place.

Ses lèvres étaient si douces, et les petits sons qu'elle émettait remontaient le long de la colonne vertébrale de Brad comme si elle utilisait ses ongles sur sa peau.

Il baissa sa main vers la hanche de Hanna jusqu'à ce qu'il puisse la glisser sous le bord du tee-shirt et remonter lentement sur sa taille mince et au-delà pour aller prendre l'un de ses seins.

Elle hoqueta contre ses lèvres lorsqu'il entra en contact. Brad recula pour pouvoir observer les expressions qui apparaissaient sur son visage alors qu'il passait la main contre son mamelon tendu.

Il vit du plaisir, du désir et une légère trace de peur.

Ce fut ce petit rappel qui lui permit de retrouver son sang-froid au point de pouvoir lui donner ce dont elle avait besoin à ce moment-là. Ce ne serait pas un sacrifice, pas vraiment. Cependant, cela allait lui faire oublier toutes les inquiétudes qu'elle avait ressenties au cours des derniers jours.

Ça, il pouvait le promettre.

10

---

*H*anna ne l'avait pas mis dans sa liste de souhaits pour Noël, mais se retrouver au lit avec Brad était vraiment un cadeau qu'elle voulait déballer.

Les choses allaient affreusement vite, et pourtant elle lui avait parlé plus tôt de ses inquiétudes, et il avait tout fait comme il fallait. Il ne s'était pas moqué d'elle ni ne les avait écartées comme si elles étaient idiotes.

Quand elle avait ressenti de la peur, la voix de Brad avait transpercé sa terreur. Alors que les flammes rugissaient dans sa tête, sa voix avait été le jet froid qui avait calmé le feu et restauré l'ordre.

La chaleur, cependant, ne baissait pas. Pas du tout.

Brad la fixait avec du désir dans les yeux alors que sa grande main roulait sur son sein. Chaque partie de son être qui avait un jour réagi avec un intérêt sexuel était restée branchée et complètement chargée, pendant tellement d'années.

Le regard de Brad se baissa là où il jouait, grattant ses ongles sur son mamelon jusqu'à ce qu'il se tende si fort qu'elle s'inquiétait qu'il puisse transpercer le tissu du tee-shirt. Puis cela ne fut plus une inquiétude parce que d'un grognement, il changea de position, remonta assez le tissu pour exposer ses deux seins.

Son expression devint torturée, et il jura doucement.

Prudent et lent... il se donnait trop de mal pour ne pas la pousser trop loin.

Hanna voulait désespérément qu'il continue ce qu'il avait prévu. Elle lui attrapa la tête, frotta ses paumes contre la fine couche de ses cheveux rugueux, le rapprochant d'elle. Il vint volontiers, serrant son sein avant d'enrouler les lèvres autour de son mamelon et de le sucer.

Cela faisait si longtemps qu'on ne l'avait pas touchée. Il n'y avait vraiment pas moyen qu'il s'y prenne mal, et un million de moyens de bien faire.

Il glissa d'un sein à l'autre, déposant des baisers dans la vallée qui les séparait avant de lécher l'extrémité de ses mamelons. Il émit un son joyeux avec une expression clairement fascinée.

C'était addictif. Cela flattait tellement l'ego de Hanna de voir à quel point Brad semblait heureux tandis qu'il la touchait.

Elle ressentait des décharges stupéfiantes de plaisirs, sa peau était vivante et sensible alors que non seulement il vénérait ses seins, mais la caressait le long de ses côtes, dérivant plus haut pour soutenir son cou alors qu'il revenait brièvement pour l'embrasser.

Oh, ces baisers. Suffisamment déterminés pour qu'elle ne puisse pas s'échapper, mais assez doux pour qu'elle n'en ait pas envie. Il la déplaça sous lui jusqu'à ce qu'il plonge sa langue dans son nombril.

Elle frissonna.

— Brad.

— Ferme les yeux, murmura-t-il. Tu ne peux rien faire d'autre en ce moment que de ressentir.

Ce qui était un concept super, excepté qu'elle était sur le point de passer en surcharge sensorielle. Il passa les doigts sous ses hanches, remonta ses grandes mains pour la maintenir dans son étreinte. Ses pouces calleux lui caressaient les hanches.

Il joua avec le bord de sa culotte pendant un instant avant de la lui retirer et la laisser exposée. Il la fixa, et cette lumière dans ses yeux devenait plus sauvage, et quand il leva la main et la posa sur son ventre, Hanna frissonna.

— Tu es tellement douce, chuchota Brad.

Il laissa traîner ses doigts sur un côté alors qu'il se penchait et déposait un baiser à l'endroit où se serait trouvé l'élastique de sa culotte. Puis plus bas, où des poils bouclés couvraient son pubis.

— Si douce et jolie.

Elle ne s'y était pas attendue, mais quand un gloussement lui échappa, il leva les yeux, souriant. Cela demanda une force extraordinaire pour que Hanna parle, étant donné qu'il était à quelques centimètres de son sexe et qu'elle était nue sur le lit. Ce n'était pas une position dans laquelle elle s'était retrouvée souvent dans sa vie.

— Jolie ?

Il hocha la tête.

— Et délicieuse.

Ses mots l'immobilisèrent, en tout cas pendant une seconde avant qu'il ne passe deux doigts entre ses replis. Brad se pencha et la lécha délicatement. Puis encore une fois, un bref contact avant de s'éloigner. Encore et encore jusqu'à ce que son contact taquin soit trop doux et qu'elle se languisse d'en avoir davantage.

Ce qu'elle obtint un instant plus tard lorsque, dans un grognement, il changea de nouveau de position, posa les coudes sur le matelas et lui souleva plus haut les hanches. Elle écarta les genoux, et elle fut étendue comme un papillon tandis que la bouche de Brad la recouvrait complètement, choquant et pourtant tellement normal alors que sa langue faisait des choses diaboliques à son clitoris.

Elle souleva involontairement les hanches, utilisant ses pieds pour avoir un effet de levier suffisant. Elle se pressa contre sa bouche, et il se mit à rire avant de déposer les lèvres directement sur son clitoris et de l'aspirer.

Des étoiles dansaient devant les yeux de Hanna. Elle lui attrapa la tête, frottant ses paumes contre le début de repousse.

— C'est tellement bon, chuchota-t-elle.

— Pour moi aussi.

Brad se souleva, laissant tomber les hanches de Hanna sur le matelas, mais lui agrippant les genoux une seconde plus tard pour les soulever. Le mouvement inclina ses hanches vers le haut, la dévoilant. Aucune intimité, tout était là, bien en vue.

Toute impression de gêne qu'elle aurait pu ressentir avait disparu, peut-être brûlée dans les rêves enflammés. Parce que, après avoir jeté un coup d'œil vers son visage pour s'assurer qu'elle était partante, le regard de Brad redescendit, s'attarda sur son sexe, sur ses seins, revint vers son visage pour s'assurer qu'elle était heureuse...

Impossible qu'elle refuse, pour aucun d'eux.

— Encore, supplia-t-elle.

Elle ne savait pas exactement ce qu'elle demandait, mais elle accepterait tout ce qu'il voudrait lui donner. Ce qui sembla être d'autres baisers. Il se rapprocha pour en déposer un sur ses lèvres avant de se déplacer plus bas pour jouer avec ses seins. Sa main droite glissa le long de l'intérieur de sa cuisse avant de prendre son sexe et de presser la paume de sa main contre son clitoris et de la faire tourner dessus.

Brad leva la tête, les yeux flous alors qu'il fixait de nouveau son visage.

— Il y a tant de choses que je veux faire, admit-il. Je

pourrais passer la journée sur tes seins, ou caresser ton intimité pendant des heures jusqu'à ce que tu sois affalée et repue. Je pourrais te toucher d'une extrémité à l'autre, et ça avant de me glisser en toi.

Un doigt imita ses paroles, glissa lentement entre ses replis, suivit les contours de son orifice avant de se presser à l'intérieur jusqu'à ce que sa main soit collée à elle.

Ses yeux bleus observaient, jugeaient, s'assuraient qu'elle allait bien.

Elle n'allait pas bien. Elle allait perdre la boule.

— *Brad,* dit-elle avec autant de remontrances qu'elle le put dans la voix. Arrête de me taquiner, supplia-t-elle.

Ses lèvres s'incurvèrent.

— Tu crois que je te taquine ?

Il l'embrassa à nouveau, mais cette fois sa main se mit en mouvement, reculant, dessinant des cercles, s'enfonçant profondément. Il copia les mêmes mouvements de pénétration avec sa langue, comme s'il l'avertissait de ce qui viendrait ensuite.

La pression entre les jambes de Hanna monta alors qu'il ajoutait un deuxième doigt, lentement au début jusqu'à ce que son corps se détende pour accueillir ses doigts épais. Alors que son fluide les recouvrait, Brad augmenta la cadence et envoya ses extrémités nerveuses vers un arrêt cardiaque.

Entre deux baisers, il disparut. Ses doigts restèrent en place, se déplacèrent et poussèrent le plaisir plus haut. Mais il changea de position et Hanna gémit quand il reposa la bouche sur son clitoris. Elle inspira brusquement, se tortilla contre lui. N'importe quoi pour essayer d'obtenir le peu dont elle avait besoin...

Il augmenta la cadence, enfonça profondément ses doigts alors que sa langue l'effleurait sans relâche, et Hanna plongea. Des vagues de plaisir la traversèrent. Elles commencèrent au centre de son corps, s'enroulèrent autour des doigts de Brad et s'étendirent comme un réseau, la clouant contre le matelas.

Brad la rejoignit, l'embrassa de nouveau, et elle sentit son propre goût sur ses lèvres et un étrange mélange entre elle et lui, c'était intime et sexuel.

Tout son corps frissonna lorsqu'il retira ses doigts. Peut-être qu'elle aurait dû se sentir gênée, mais elle était si détendue qu'elle était sur le point de fondre à travers le matelas.

Il la tourna sur le lit et s'enroula autour d'elle. Une érection bien trop apparente se pressa contre son postérieur.

Hanna leva les yeux vers lui, embrumés de sommeil, mais pleins de désir…

Elle voulait lui procurer autant de plaisir qu'il venait de le faire pour elle. Elle voulait s'occuper aussi de lui.

Seulement, avant qu'elle ne puisse bouger, il resserra les bras autour d'elle et embrassa le côté de son cou, l'apaisant.

— Dors, ordonna-t-il.

Elle était piégée, enroulée dans une couverture humaine, protégée et réchauffée, assurément détendue sous les hormones sexuelles qui circulaient dans ses veines.

Hanna n'allait pas se disputer avec lui maintenant, et quand elle se réveilla au matin dans un lit vide, elle ne put vraiment pas protester à ce moment-là non plus.

Quelque chose avait changé. Elle hésitait et s'inquiétait toujours, mais dans l'ensemble, alors qu'elle passait les jambes par-dessus le bord du lit et se levait, Hanna savait qu'ils étaient entrés dans une nouvelle étape de leur relation.

Maintenant, elle devait trouver un moyen de conserver son courage et d'aller jusqu'au bout.

~

BRAD S'ÉTAIT DEMANDÉ si Hanna retournerait à sa timidité au matin après qu'il l'avait touchée. Il s'était assuré d'être sorti de son lit avant qu'elle ne commence à remuer, en partie pour lui épargner la gêne, et en partie parce qu'il savait qu'il était ronchon le matin et ne voulait pas qu'elle ait à le gérer.

Même si, à la vérité, il n'était pas très ronchon après ce qu'il avait pu faire pendant la nuit. Partager une telle intimité avec elle s'était produit bien plus tôt qu'il ne s'y était attendu, et il se surprit à sourire aux moments les plus étranges au cours de la journée.

Ses collègues le remarquèrent. Mack secoua la tête et lui lança une boulette de papier pour avoir son attention plus d'une fois.

— Je te dirais bien d'arrêter d'avoir l'air aussi joyeux, mais c'est assez amusant.

Brad s'assura de siffler très fort en commandant du matériel pour l'année à venir. Mack se mit à rire à l'arrière.

À la maison, Hanna lui lança un doux sourire, mais garda une distance appropriée quand Patrick ou Crissy étaient présents. Il suivit ses signaux et s'assura de ne pas trop se rapprocher, mais chaque soir après que Crissy allait se coucher et avant que Hanna ne parte travailler, il s'assurait d'être disponible pour lui voler un baiser d'au revoir.

Il devenait doué pour décider où coller le gui artificiel. Il en avait trouvé deux autres dans la boîte de décorations de Noël, et même s'il s'était égratigné la main sur la boule qu'il avait cachée dans sa poche, cherchant un moment opportun pour la mettre en place, les marques rouges étaient un rappel de la douceur d'avoir l'entière attention de Hanna. Ses bras s'enroulaient naturellement autour de son cou maintenant alors qu'elle se laissait volontiers étreindre et l'embrassait avec une passion grandissante.

Mais il restait hors de son lit. Il n'était pas prêt à précipiter les choses même si son corps voulait tellement plus.

Le dernier jour d'école avant les vacances de Noël était arrivé, et ce matin-là, Patrick les avait prévenus de se tenir prêts pour une surprise quand ils rentreraient.

Crissy s'était glissée de sa chaise et s'était approchée de Patrick.

— Allez-vous nous montrer les rennes ?

Le père de Brad s'était mis à rire et avait pressé un doigt contre ses lèvres.

— Ils se reposent encore, avait-il dit doucement. Mais j'ai un autre moyen de me déplacer. Je voulais essayer une nouvelle aventure. Tu es partante ?

Crissy avait hoché la tête puis pris le bol vide de Patrick et l'avait empilé sur le sien, les portant vers le plan de travail avant de se précipiter pour finir de se préparer pour l'école.

Hanna avait regardé Patrick avec amusement.

— Des rennes ?

Il lui avait adressé un grand sourire.

— En fait, si cette idée ne te dérange pas, j'ai pensé que nous pourrions sortir les motoneiges.

C'était pour ça que son père avait bricolé les machines. Brad avait de nouveau regardé Hanna pour s'assurer qu'elle n'était pas trop horrifiée, mais elle souriait.

— Je n'ai pas fait de motoneige depuis des années. Seulement, quelle taille font-elles ?

Le vieil homme avait déjà tout réglé.

— Nous avons de grosses machines pour Brad et moi, mais j'ai aussi réglé celle de Connie. Elle devrait être à la bonne taille pour toi.

Hanna avait tourné des yeux ravis vers Brad.

— Peux-tu venir aussi ?

Les visages concentrés sur lui avaient tous contenu la même question. Quelque chose d'étrange et de magique s'était retourné dans son ventre. C'était trois personnes qu'il en était venu à chérir profondément. Prévoir de faire des choses avec elles... passer du temps ensemble comme s'ils étaient une *famille*...

— Bien sûr.

Ses mots étaient sortis en un grondement rauque.

À l'évidence, ils avaient pensé que la réponse était simplement due au fait qu'il manquait de café comme d'habitude. Pas parce qu'il avait eu une profonde révélation émotionnelle, comme en ouvrant le parfait cadeau de Noël.

Patrick donna une remise à niveau à Hanna pendant que Brad emmenait Crissy pour une lente course à travers les arbres. Quand ils eurent fait le tour devant la maison, Hanna était prête à se joindre à eux, son sourire allant d'une oreille à l'autre. Elle était emmitouflée comme un abominable homme des neiges dans ses épaisseurs qu'on lui avait prêtées, mais elle avait l'air charmante et parfaite.

Un rire de petite fille flotta dans l'air alors qu'il agitait la moto d'avant en arrière, suffisamment doucement pour que Crissy puisse continuer à se tenir à ses bras.

— Plus vite, demanda-t-elle.

Il résista à la tentation de suivre son ordre, en tout cas jusqu'à ce que Hanna le coupe puis accélère, lançant un coup d'œil par-dessus son épaule et lui tirant la langue.

Ils ne roulaient même pas à vitesse maximum, mais suffisamment vite pour que lorsqu'ils eurent terminé, Hanna eût les joues roses, et le rire dans ses yeux semblait s'enrouler autour de son corps comme des lumières parfaites de Noël, la faisant rayonner.

Ils montèrent les motos pendant plus d'une heure et les rangèrent dans l'écurie après que la lumière avait commencé à décliner.

Patrick se déplaçait lentement, mais il affichait aussi un sourire enchanté.

— Ça fait des années, dit-il à Hanna alors qu'ils étaient assis avec des tasses de chocolat chaud devant le feu. Connie adorait toujours faire de la moto. C'est elle qui a appris aux garçons à monter.

Brad se mit à rire.

— J'avais oublié ça. Je me souviens que tu lui faisais des remarques parce qu'elle conduisait trop vite.

Il lança un coup d'œil à Hanna qui cligna innocemment des yeux et prétendit n'avoir aucune idée de ce dont il parlait.

— Tu t'en es bien sortie, dit Patrick à Hanna en lançant un clin d'œil à Brad.

Il avait remarqué la course aussi.

— Quand as-tu appris ? continua-t-il.

Elle fronça un instant les sourcils avant de se reprendre et de forcer un sourire à réapparaître.

— Nous utilisions des motos à la maison pour faire des corvées.

— Maman peut tout faire, annonça Crissy fièrement avant de sortir un énorme bâillement.

Hanna se baissa, souleva sa fille et la fit tournoyer.

— Ce n'est pas encore l'heure de dormir, petite bécasse. Nous devons encore dîner.

Elle lui donna un baiser avant de la reposer.

— Allez, continua-t-elle. Faisons quelque chose de spécial pour remercier Mr Patrick de cet agréable après-midi.

Crissy fila hors de la pièce, tirant Hanna avec elle. Brad les regarda sortir en se demandant si ce serait vraiment inapproprié de les suivre pour pouvoir continuer à profiter de leur compagnie.

Le petit rire de son père le sortit de ses pensées.

— Ton état est grave, le taquina son père.

Brad se leva et lança un grand sourire à son père.

— Correction. Mon état est *merveilleux*.

Puis il alla rejoindre les filles dans la cuisine pour pouvoir percuter Hanna aussi souvent que possible. Les yeux de celle-ci brillèrent d'amusement quand elle se rendit compte de ce qu'il faisait.

Le dîner fut une affaire joyeuse et bruyante, suivie par des jeux dans la salle de séjour. Quand il fut l'heure de s'arrêter, à sa grande surprise, Crissy glissa les doigts dans la main de Brad.

— Je veux que tu me bordes aussi, chuchota-t-elle.

Brad lança un coup d'œil à Hanna qui resta immobile avant de hocher la tête en signe de permission.

Il se tenait à côté du lit, à attendre, tandis que Hanna remontait les draps puis se penchait pour embrasser Crissy.

— Tu dois bien dormir, l'avertit Hanna. Il n'y a pas d'école demain, mais nous avons beaucoup de choses à faire pour les fêtes.

Crissy positionna son ours en peluche sous son bras.

— Et tu ne dois pas aller travailler ?

Hanna secoua la tête.

— C'est les vacances pour moi aussi. Pendant tout le temps où tu n'auras pas l'école.

Crissy soupira joyeusement.

— J'ai aimé les motoneiges. Mais je veux vraiment voir les rennes.

Hanna recula, et Brad s'approcha, se sentant légèrement gêné jusqu'à ce que Crissy lève les bras, demandant clairement un câlin. Les petits bras qui s'enroulèrent autour de son cou liquéfièrent ses entrailles. Et quand elle pressa les lèvres contre sa joue avant de se pelotonner sous ses draps, la surprise et la joie se propagèrent à travers lui.

— Bonne nuit, Mr Brad.

— Bonne nuit, ma chouquette.

Crissy gloussa d'un son ensommeillé alors qu'elle fermait les yeux et se lovait dans les draps.

— Je suis une chouquette parce que maman est un sucre.

Brad retint son amusement alors qu'il sortait de la chambre à reculons et se retrouvait dans le couloir avec Hanna.

Malheureusement, l'expression de celle-ci montrait qu'elle ne semblait pas aussi ravie du commentaire observateur de sa fille.

Seule la progression était autorisée. Il n'allait pas laisser Hanna faire marche arrière.

— Ça va ?

Elle inspira profondément et leva les yeux vers lui.

— J'avais oublié que les petites personnes avaient de grandes oreilles.

Brad lui caressa la joue du pouce.

— Je ne vais pas cacher ce que je ressens. Et je ne pense pas qu'elle soit traumatisée par l'idée que quelqu'un apprécie sa maman.

Hanna enroula les doigts autour de son poignet. Pas pour retirer sa main, juste pour le tenir.

— Non. Elle est...

Son regard fila vers le plafond et elle roula des yeux.

— Comment est-ce que tu fais ça ? demanda-t-elle.

Le gui qu'il avait collé au plafond avant d'entrer dans la chambre de Crissy était juste là, en parfaite position.

— Le père Noël m'aime bien, lança-t-il malicieusement.

Les cils de Hanna papillonnèrent pendant quelques instants puis elle leva le visage sans aucun autre encouragement, attendant qu'il se penche et l'embrasse.

Ils se tenaient dans le couloir, enlacés, leurs lèvres soudées. Le corps tout entier de Brad se tendit, mais étrangement il recula après un bon moment, souriant devant ses joues empourprées et les lumières qui dansaient dans ses yeux.

Ils retournèrent sans bruit dans la salle de séjour et restèrent avec Patrick jusqu'à ce que son père s'endorme à nouveau. Le rocking-chair devant le feu était un aimant pour le faire dormir.

Hanna se leva.

— Un film ?

Il la rejoignit.

— Tu ne dois pas travailler du tout pendant les fêtes ?

Elle secoua la tête.

— Le seul endroit où je pensais que j'aurais à nettoyer, c'était l'église. Le pasteur m'a appelée cet après-midi pour m'annoncer qu'un groupe avait décidé de se porter volontaire pour travailler pendant les fêtes. Il m'a dit que c'était mon cadeau de Noël de la part de la congrégation... ils me paient, mais je n'ai pas à y aller.

— Joyeux Noël à toi, avança-t-il.

Le sourire de Hanna illumina la pièce.

Il avait laissé la télécommande sur ses cuisses. Elle l'attrapa, appuya sur le bouton de marche puis garda l'appareil hors de portée.

— À moi de choisir.

Quelqu'un avait de l'ardeur ce soir-là.

— Peut-être.

Elle parcourut Netflix, ignorant toutes les séries sur sa liste à regarder et alla droit vers les programmes de Noël. Avant qu'il ne puisse dire quel film Hanna avait sélectionné, elle avait appuyé sur lecture.

Une romance avec de la neige qui tombait et d'impossibles lignées royales apparut à l'écran.

Brad la regarda, exagérant son incrédulité.

— Sérieusement ?

Elle regarda droit devant elle comme si elle était fascinée.

— *Chuuuut.*

Il chercha la télécommande, mais elle avait disparu. Seulement, le sourire sur le visage de Hanna tressaillit. Quelqu'un était volontairement malicieux.

Il posa une main sur sa jambe.

— Si je m'ennuie, je m'agiterai, l'avertit-il.

Hanna lui lança un coup d'œil pendant une seconde avant de reporter les yeux sur la télé.

— Nous pourrons regarder *Piège de Cristal* demain, promit-elle.

C'était une bonne contre-proposition, mais il allait quand même la rendre folle ce soir-là.

— Super.

Il lui caressa la cuisse et incurva les doigts pour descendre à l'arrière de son genou, la taquinant encore et encore jusqu'à ce qu'elle remue.

— *Brad.*

Seigneur, il aimait quand elle disait son prénom avec cette petite combinaison d'essoufflement et de besoin.

Il leva le bras, se tourna vers elle et posa la main de l'autre côté de sa taille.

— Ne te gêne pas pour moi, dit-il en laissant traîner ses doigts sur son flanc et sous son bras.

Elle gloussa, et il la chatouilla plus fort. Quand elle se tortilla, et roula vers lui, il en profita. Il l'attira sur lui et piégea ses jambes entre les siennes.

Elle se pressa contre son torse et le regarda avec de l'appétit et du bonheur sur son visage.

Il la chatouilla de nouveau.

Hanna se pressa contre lui, essayant de s'échapper. Le film était oublié alors qu'à tour de rôle, ils se touchaient et se taquinaient. Des baisers volés entre deux contacts enflammés. Des frôlements innocents de doigts suivis de...

Le bruit des cannes de Patrick contre le parquet les ramena

brusquement à la réalité. Ils se séparèrent précipitamment comme s'ils étaient des adolescents au lieu d'être des adultes.

Ils étaient quand même sur le point de se faire prendre à se bécoter quand ils n'auraient pas dû.

Hanna s'installa près de lui, tous les deux regardant attentivement l'écran de la télé alors que Patrick passait la tête par la porte pour leur souhaiter bonne nuit.

— Je vous verrai demain matin.

Hanna lui lança un coup d'œil par-dessus son épaule.

— Merci de nous avoir prêté la motoneige. Nous avons passé un merveilleux moment.

Son père agita la main et disparut dans le couloir. Hanna inspira profondément puis lança un coup d'œil à Brad, les yeux malicieux. Puis elle passa les bras autour de son biceps et se blottit contre lui, contente.

Il resta là, souriant à l'écran pendant au moins une demi-heure avant de se rendre compte que le même horrible programme tournait toujours. Il ne savait pas où était la télécommande, et il s'en fichait.

C'était une soirée presque parfaite.

11

Alors qu'elle passait la porte du Buns & Roses, un véritable assaut d'odeurs de Noël frappa Hanna au visage. De la cannelle, du gingembre et une riche menthe poivrée. Elle s'arrêta pour prendre une profonde inspiration appréciatrice.

Crissy tira sur ses doigts, impatiente d'avancer.

— Je vois Emma, dit-elle en bondissant sur place. Et Sasha et Mary et Alicia.

Hanna l'aida à retirer son manteau.

— Je ne vais pas t'empêcher de retrouver tes amies.

— Et tu dois voir *tes* amies.

La voix familière de Tansy était accompagnée de sa sœur Rose et des autres femmes avec qui Hanna se réunissait depuis quelque temps tous les mois. Des amies dont Hanna savait qu'elles la soutenaient, et qui tenaient profondément à elle.

C'était merveilleux d'être au sein d'une telle attention.

— Je croyais que nous faisions une sortie entre filles, les taquina-t-elle.

— Aujourd'hui, c'est journée entre filles à l'intérieur, lança

Rose malicieusement.

Son gilet festif de Noël avec un liseré doré contrastait magnifiquement avec sa peau et ses cheveux foncés.

— Allons, continua-t-elle. Nous avons réarrangé le magasin pour nous asseoir et échanger des potins dans un coin confortable pendant que les enfants ont de la place pour jouer.

Tansy ferma la porte à clé derrière elle, retourna la pancarte sur *fermé* puis se frotta les mains avec satisfaction.

— Maintenant, nous pouvons sortir le lait de poule alcoolisé.

— C'est un des privilèges de faire la fête là où tu vis, la taquina une autre de leurs amies.

Brooke agita la main vers Hanna avant de serrer sa queue de cheval puis de tapoter la chaise à côté d'elle.

— Viens t'asseoir à côté de moi. Nous n'avons pas eu l'occasion de parler depuis un moment.

Toutes ses amies étaient là sauf Tamara, qui avait été remplacée par sa sœur Lisa. Pas vraiment *remplacée*, mais cette femme enjouée était un ajout bienvenu alors qu'elle s'asseyait avec les petites filles et s'occupait de les aider à fabriquer des décorations de Noël.

Ivy Fields s'assit sur la chaise de l'autre côté de Hanna.

— Comment te sens-tu ?

Merveilleusement bien ? Excitée ? Au bord de quelque chose qui semblait capital ? Hanna chercha les bons mots à révéler quand elle se rendit compte que toutes ses amies la regardaient attentivement en cet instant et pensaient à l'incendie.

Elles ne faisaient pas une fixation, comme Hanna, sur le fait qu'un certain pompier très grand faisait des choses étranges et merveilleuses à la fois à sa libido et à son cœur.

— Nous allons bien.

Brooke lui tapota le bras.

— Assure-toi de nous le dire, si tu as besoin de quoi que ce soit. J'ai perdu un tas de trucs une fois quand nous avons eu un incendie au garage. Ce n'était que quelques cartons, mais c'était dur.

Hanna avait fait des ajouts à sa liste de choses à remplacer, mais finalement, la page n'était pas très longue.

— Nous n'avons jamais eu beaucoup de choses, admit-elle. Entre un budget serré et le fait qu'il n'y avait que Crissy et moi, les choses qui sont les plus précieuses pour nous sont les souvenirs.

— C'est comme ça que ça doit être, dit Ivy avec un doux sourire.

Deux d'entre elles se levèrent pour apporter des en-cas, mais Ivy continua à l'observer jusqu'à ce que Hanna soit forcée de demander :

— Tu sembles avoir quelque chose à l'esprit. Quelque chose ne va pas à l'école ?

Ivy lança un coup d'œil à Crissy, qui jouait joyeusement avec les autres petites filles. Elle chercha dans sa poche et en sortit une enveloppe, tournant son corps de manière stratégique pour que personne d'autre ne la voie.

— J'ai pensé que tu devrais jeter un coup d'œil à ça. C'est la lettre de Crissy au père Noël. Évidemment, je ne l'ai plus parce que nous la lui avons envoyée.

Hanna hocha la tête, comprenant l'allusion, puis déplia la feuille. C'était l'écriture enfantine de sa fille avec des ajouts d'adulte... les contributions d'Ivy. Mais alors que son regard se déplaçait sur la page, le cœur de Hanna commença à battre la chamade.

Cher papa Noël,

Merci d'avoir pris soin de moi pendant l'incendie. Je sais que c'est important de garder les secrets, alors je ne dirai à personne que je sais où vous habitez. Vous êtes très gentil, et merci d'avoir envoyé à maman quelqu'un à embrasser.

J'aimerais un papa pour Noël. Emma a dit qu'elle avait demandé une maman et en avait eu une, mais que ça avait pris un peu de temps. Je peux attendre, mais je pense que Mr Brad ferait un bon papa, et maman l'aime bien.
J'aime vraiment vos pancakes.

J'espère que vous ferez bon voyage pour le réveillon.
Bisous, Crissy

Elle leva les yeux et vit Ivy qui l'observait avec une grande curiosité. Hanna replia la feuille avant que les filles ne la surprennent.

— Oh là là.

Ivy sourit.

— La vérité sort de la bouche des enfants.

Il y avait tant de choses qu'elle voulait dire, mais elle n'allait pas se défendre, parce que Brad et elle ne faisaient rien de mal. Mais l'idée que Crissy en souhaitait déjà davantage élevait ses espoirs *comme* ses inquiétudes.

Elle s'en tint à un sujet de discussion plus sûr.

— Est-ce qu'elle pense vraiment que Patrick Ford est le père Noël ?

Un doux rire échappa à son amie.

— C'est là-dessus que tu vas te concentrer ? D'accord, je ne vais pas te taquiner sur le fait que tu as des bisous, ou que ta fille a choisi d'agir comme entremetteuse. Oui, je pense qu'elle croit que Patrick est le joyeux saint Nicolas.

Ça ne semblait pas être une idée trop dangereuse.

— Crois-tu que je doive lui parler ?

Ivy secoua la tête.

— Parmi toutes les personnes qu'elle pourrait imaginer être le père Noël, Mr Ford est une des plus sûres. Il ne la décevra pas avec un comportement indigne du père Noël, et il prendra probablement plaisir à lui expliquer comment il peut faire le tour du monde en vingt-quatre heures et quand même être dans son lit à une heure correcte.

Patrick y *prendrait* du plaisir. Ainsi que Brad, mais l'idée de partager le reste de la lettre avec qui que ce soit d'autre était hors de question.

Elle la rendit à Ivy.

— Garde ça pour l'instant, s'il te plaît.

Ivy la rangea sans protester puis sourit.

— Je suis contente que quelque chose de bien t'arrive pendant les fêtes.

Hanna ignora la question dans ses yeux.

Ivy se rapprocha pour s'assurer que personne ne les entende.

— C'est agréable d'avoir quelqu'un à embrasser.

C'était très vrai.

Hanna apprécia la fête et le moment avec ses amies, mais quand elles firent une pause et se rassemblèrent toutes pour déposer une pile de cadeaux aux pieds de Crissy, Hanna se sentit au bord des larmes.

Emma expliqua ce qui se passait.

— Puisque toutes tes affaires sont perdues, tu as des cadeaux de Noël supplémentaires. Nous avons abandonné un des nôtres.

Lisa ajouta les détails.

— Toutes les filles ont demandé à leurs parents de leur donner une chose en moins, puis ils ont pris quelque chose de spécial pour *toi*.

Les yeux de Crissy brillaient et elle n'arrivait pas à parler.

La seule chose qui sortit dans un couinement fut un « Merci » sincère.

— Tu peux les ouvrir maintenant, lui dit Tansy en se laissant tomber sur le sol pour lui tendre le premier paquet.

Pendant que Crissy se mettait à déballer ses surprises, Lisa se tourna vers Hanna et lui tendit une enveloppe.

— Nous, les adultes, avons fait la même chose. Nous avons abandonné un cadeau, mais au lieu de t'acheter des choses, nous avons pensé que tu devrais les choisir toi-même.

Le bonheur enveloppé dans des épaisseurs d'amitié étincelantes irradiait, et des larmes lui envahirent les yeux.

— Vous êtes incroyables. Merci.

Elle fit le tour du groupe, étreignant et remerciant individuellement toutes ses amies.

Crissy poussa un cri de joie en ouvrant une boîte pour trouver un chien en peluche avec des bras et des jambes pendantes. Ce n'était pas exactement le même que celui qu'elle avait perdu, mais il était assez proche pour provenir de la même portée.

Alors que Crissy passait les bras autour du cadeau avec de la joie dans les yeux, Hanna dut tourner le dos et enfouir son visage contre Ivy, utilisant son amie comme mouchoir.

Des larmes de joie restaient des larmes, et ce n'était pas une chose dont elle voulait que Crissy s'inquiète. Pas aujourd'hui.

L'après-midi passa rapidement. Quand il fut terminé et que tout le monde rassemblait ses affaires pour se préparer à partir, Hanna se retrouva à regarder dans la rue un visage familier, se demandant où elle l'avait vu...

C'était Mark. Le frère de Brad. L'homme qui l'avait surprise.

Elle s'assura que Crissy était toujours occupée avant d'enfiler son manteau. Parlant doucement à Tansy, Hanna lui fit savoir qu'elle en aurait pour une minute.

— Il y a quelqu'un à qui je dois parler. Je reviens tout de suite.

Elle sortit, pas complètement sûre de ce qu'elle avait l'intention de faire.

Mark regardait fixement la vitrine du magasin voisin du Buns & Roses. C'était un photographe qui avait exposé de grands portraits représentatifs dans de magnifiques cadres.

Elle suivit son regard et découvrit que Mark fixait une photo de la famille Ford. Ses entrailles se serrèrent encore plus.

C'était une vieille photo prise des années plus tôt quand Connie Ford était encore vivante. Ils portaient tous des jeans, appuyés contre une clôture en bois qu'elle reconnaissait. Le pin isolé qui avait donné son nom au ranch était fièrement visible dans le coin. Brad avait les cheveux qui tombaient sur ses épaules, et son bras entourait les épaules de son frère. Patrick se tenait de toute sa hauteur, ses cheveux pas encore du blanc étincelant qu'ils étaient maintenant, mais d'une teinte poivre et sel. Connie souriait fièrement, entourée par ses hommes.

Peut-être que Hanna planait sur des vapeurs de Noël, mais soudain, toute sa colère envers Mark disparut comme si quelqu'un avait percé un ballon. Mais ça ne voulait pas dire qu'elle allait rater une occasion de lui sonner les cloches.

Elle se racla la gorge.

— Mark ?

Il se retourna, écarquillant les yeux alors qu'il reculait.

— Vous.

Elle tendit la main.

— Hanna Lane.

Il lança un coup d'œil à ses doigts puis revint sur son visage comme s'il se méfiait de ses motivations.

Cela lui parut amusant étant donné qu'il faisait au moins trente centimètres de plus qu'elle.

— Je ne vais pas vous faire de mal, dit-elle d'un ton pince-sans-rire.

Ses lèvres tiquèrent alors qu'il lui serrait brièvement la main.

— Je suis Mark, même si vous le savez déjà. Au lieu de vous dire bonjour, je vais vous dire que je suis désolé. Je ne voulais pas vous faire peur. Et je ne voulais pas être impoli.

— Excuses acceptées, lui répondit Hanna. Mais vous avez été impoli. Juste pour être claire.

Il émit un son moqueur.

— C'est logique que mon frère se trouve une petite amie qui est directe.

Que quelqu'un d'autre l'appelle la petite amie de Brad était très, très agréable.

— Je vous ai vu ici, et ce n'est pas à moi de vous le dire, mais je vais le faire quand même. Je ne sais pas pourquoi vous et Patrick vous vous disputez. Mais il me semble que vous gâchez quelque chose de bien. Vous avez quelqu'un qui tient beaucoup à vous. *Deux* quelqu'un. Deux personnes, c'est à dire, s'expliqua-t-elle. Parce que je sais que Brad tient à vous aussi.

— Quand il ne menace pas de me faire du mal.

Elle haussa un sourcil.

— Vous l'aviez mérité.

Mark grimaça.

— Encore une fois directe. Vous avez raison. C'est vrai, mais c'est juste... vous ne savez pas...

Il s'éloigna de quelques pas en tapant du pied avant de se retourner.

— Ce n'est pas si facile, ajouta-t-il.

— Les bonnes choses ne sont jamais faciles, dit-elle fermement, son regard saisit un instant par sa fille.

Crissy dansait avec son amie, main dans la main tout en

tenant le chien en peluche entre elles. Les oreilles du jouet s'agitaient comme s'il riait de joie.

— Souvent, les choses les plus gratifiantes et précieuses demandent une grande partie de notre énergie et de nos cœurs, mais elles en valent la peine, au final.

Mark ne répondit rien, mais il examinait son visage. Il lança un coup d'œil par la vitrine du Buns & Roses et son regard s'attarda sur Crissy. Il se retourna vers Hanna alors qu'il comprenait leur relation. Il hocha vivement la tête.

— Merci de ne pas avoir pété les plombs, et je vous promets que je n'arriverais plus en douce derrière vous.

— Je vous promets de ne plus vous frapper avec quoi que ce soit à moins que vous ne le méritiez, répliqua Hanna.

Elle le regarda dans les yeux et se rendit compte qu'elle n'avait pas besoin de mentir.

— Cela m'a fait plaisir de vous rencontrer officiellement. Joyeux Noël.

— Joyeux Noël, répéta-t-il.

Hanna retourna dans la chaleur de la boutique et attrapa Crissy. Elle s'accrocha à sa fille, qui lui rappelait la quantité de travail qu'il fallait fournir pour que de bonnes choses se produisent, mais que cela était extrêmement précieux en même temps.

Elle avait sa fille, et quelque chose de spécial qui se développait entre Brad et elle. Une étape à la fois. Il avait été tellement patient et merveilleux avec elle.

Peut-être qu'il était temps pour elle de se rapprocher aussi. Quelque chose qui lui demanderait un effort, mais qui *le* rendrait heureux. Cette pensée lui envoya un frisson le long de sa colonne vertébrale, mais ce n'était pas une mauvaise chose, se rappela-t-elle. Tout ce qui en valait la peine demandait beaucoup de travail et pouvait sembler un peu dangereux au début.

Maintenant, elle devait chercher une occasion pour pouvoir le faire.

～

Hanna et Crissy étaient revenues de leur fête avec une pile de cadeaux et énormément de joie qui brillait dans leurs yeux.

Patrick entraîna Crissy dans un jeu devant le sapin de Noël. Brad rejoignit Hanna dans la cuisine. Elle se tenait devant le plan de travail et feuilletait les pages du livre de recettes de la mère de Brad.

Elle avait passé l'après-midi avec ses amies. Il était presque sûr qu'on avait parlé de lui à un certain moment. Il avait vraiment hâte de découvrir ce qui avait été dit.

— Qu'est-ce que tu cherches ? demanda-t-il.

— Ton père a mentionné un gâteau que ta mère faisait durant les fêtes. J'ai pensé que je pourrais le préparer et le glisser sous le sapin pour lui.

Il était impossible de résister. Il s'approcha derrière elle, posa la main sur le plan de travail, puis la tendit pour trouver la page dont elle avait besoin.

— C'est une super idée.

Elle se retourna dans le cercle de ses bras, et quand elle lui sourit, il y avait suffisamment de passion sur son visage pour le rendre heureux.

— Sale gosse.

Il émit un petit rire.

— Je crois que tu as oublié comment je m'appelle.

Hanna posa ses deux mains sur son torse, mais au lieu de le repousser, elle les glissa sur sa taille puis sur ses hanches et le retint fermement.

— Enfant à problèmes ? Malicieux ?

Il ne savait pas ce qui se passait, mais il pouvait faire avec.

— Bien sûr.

Après un rapide coup d'œil derrière lui pour s'assurer que personne ne les regardait, Hanna se mit sur la pointe des pieds et lui offrit ses lèvres.

Il sourit en levant la main et prit sa joue dans sa paume.

— Je ne sais pas ce qui te prend, mais ça me plaît, murmura-t-il quand le bref baiser fut terminé.

Elle ouvrit les yeux.

— Je suis simplement les règles, insista-t-elle.

Hanna leva la main et pointa un doigt au-dessus de leurs têtes.

Elle avait dû grimper sur le plan de travail pour accrocher la branche de gui. Elle était scotchée près du dessus d'un placard et il savait que c'était le seul ruban adhésif qu'elle avait pu trouver dans ce meuble de la cuisine : du simple chatterton noir.

Brad éclata de rire avant que les doigts de Hanna ne se posent sur ses lèvres, l'interrompant.

Ils restèrent immobiles et écoutèrent pour voir si son soudain éclat de rire avait attiré l'attention d'une certaine petite fille, mais comme la discussion joyeuse dans la salle de séjour ne s'était pas interrompue, elle éloigna ses doigts et marqua une pause en en gardant un seul sur les lèvres de Brad.

— Silence, ordonna-t-elle.

— Pas un mot, promit-il.

Il glissa les doigts dans les cheveux de Hanna et lui pencha la tête pour l'embrasser à nouveau, cette fois durement et profondément.

Ça ne suffisait pas. Pas quand, au lieu de répondre timidement, elle lui mordilla la lèvre inférieure et envoya un éclair à travers son corps.

L'instant d'après, il l'avait soulevée et l'avait assise sur le plan de travail. Il lui écarta les genoux pour se presser contre elle. Sa verge douloureuse était nichée contre sa douce féminité, et il attira ses hanches vers lui pour qu'ils puissent se frotter l'un contre l'autre et faire monter la pression.

Elle avait détaché ses lèvres des siennes et le fixait alors qu'il se balançait contre elle en haletant légèrement. Cependant, tous les deux écoutaient avec attention, prêts à se séparer à tout instant.

Quand les voix devinrent plus lointaines, résonnant depuis le débarras extérieur, Brad était absolument convaincu qu'il n'aurait pas de cadeaux le jour de Noël parce qu'il était sur le point d'en recevoir un auquel il ne s'était pas attendu.

Effectivement, la voix de Patrick résonna près de la porte.

— Nous revenons dans un moment. Les chatons ont besoin d'être câlinés.

La porte se referma énergiquement avant qu'ils n'aient eu le temps de répondre, et le silence dans la maison s'intensifia.

Un instant plus tard, Hanna l'attrapa par les épaules, et y enfonça ses ongles. Ce fut elle qui l'attira plus près et prit sa bouche d'assaut. Elle pencha les hanches contre lui pour l'encourager.

Alléluia. Brad ne réfléchit pas, il profita simplement du moment et se laissa aller. Il accepta ses baisers, la pression douce et lascive de sa langue qui taquinait la sienne. Il rapprocha ses hanches d'elle d'une manière qui n'avait sincèrement rien d'innocent. Le désir monta jusqu'à ce que Hanna geigne.

Il lui glissa une main dans le dos pour les maintenir l'un contre l'autre. Il sortit sèchement son haut de son pantalon et glissa son autre main en dessous pour saisir un de ses seins.

Hanna pencha la tête en arrière contre un des placards tandis qu'un gémissement s'échappait de ses lèvres.

Il voulait la mettre à nue. Il voulait l'emmener dans sa chambre et s'enfouir en elle, mais il n'avait que l'instant présent, l'horloge qui tournait, les doigts de Hanna qui s'enfonçaient dans ses épaules.

Elle ne voulait pas qu'il la lâche.

Il posa les dents contre son cou et le mordilla, l'apaisa avec un baiser avant de remonter vers le lobe de son oreille et de faire la même chose. Pendant ce temps-là, il glissa les doigts sous le doux tissu de son soutien-gorge, taquina son mamelon jusqu'à ce qu'il se tende. Pendant tout ce temps, ils bougeaient l'un contre l'autre jusqu'à se rapprocher de cette combustion dangereuse.

— Brad. J'y suis presque, l'avertit-elle.

Lui aussi, mais pas question qu'il s'arrête avant qu'elle n'ait atteint l'extase.

Il la souleva, se déplaça de deux pas jusqu'au mur le plus proche et l'y adossa pour pouvoir s'appuyer plus fort contre elle. Il appliqua davantage de pression contre son clitoris alors que Hanna écarquillait les yeux et qu'elle lui égratignait les bras.

Il se retenait d'un rien, prêt à se laisser aller à l'instant où elle en ferait autant quand, Dieu merci, elle serra les jambes autour de ses hanches, les comprimant sous de petites convulsions alors qu'un cri essoufflé lui échappait.

Brad perdit la tête. Il remuait contre elle désormais, suffisamment fort pour que les petits bibelots de Noël le long du haut du mur s'entrechoquent et émettent des sons de grelots plus vite qu'un père Noël de rue.

C'était déplacé de bien des manières, mais c'était la beauté du cadeau de Noël parfait. Ce n'était pas ce que vous aviez demandé, mais c'était exactement ce dont vous aviez besoin à ce moment-là. Brad attendait que la pression monte. Le plaisir le picotait le long de la colonne vertébrale suffisamment fort pour lui donner envie de hurler.

Hanna prit son visage entre ses paumes, joignant ses lèvres

aux siennes alors qu'il jouissait. La chaleur et l'humidité imprégnaient son boxer, et la poussée d'endorphines effaça toutes ses inquiétudes dues au fait qu'il s'était comporté comme un pervers ne se contrôlant plus, car Hanna l'embrassait, le serrait fort comme pour extraire les derniers restes de plaisir de ce qu'ils venaient de faire.

Quand il recula, elle avait l'air aussi hébétée que lui, mais le sourire de Hanna était vraiment digne de la liste des vilains enfants.

— Une dangereuse plante, ce gui, marmonna-t-il.

Hanna se mit à rire, et l'amusement qu'il avait retenu un peu plus tôt lui échappa, remontant depuis ses orteils alors qu'il la remettait sur pieds et lui offrait un baiser délicat qui disait, que non seulement il avait aimé ce qu'ils avaient fait, mais qu'il l'appréciait.

Il recula avant de lui pincer le bout du nez.

— Amuse-toi à préparer le gâteau.

Elle baissa momentanément les yeux sur l'avant du jean de Brad, où une tache humide visible s'était formée, et elle rougit violemment.

— J'ai besoin d'une douche, l'informa-t-il juste pour voir sa gêne monter.

À ce moment-là, elle le surprit à nouveau en lui lançant un clin d'œil timide.

— Ça m'a plu.

À lui aussi. Et il apprécierait encore plus la prochaine étape, parce que c'était *ça* que signifiait cette dernière escapade. Hanna avait pris la décision de revoir ses limites, ce qui voulait dire que sa liste de souhaits allait être exaucée. À un certain moment, avec un peu de chance dans le futur proche, ils feraient l'amour, et il avait hâte.

12

———————

La fille de Hanna se tenait près d'elle à la table du petit déjeuner, tremblant pratiquement sous l'excitation.

— S'il te plaît, dis oui, supplia Crissy.

Ce n'était pas seulement sa fille qui la regardait avec des yeux de chien battu. Patrick avait mis le paquet et se montrait des plus charmants alors qu'il était assis en face de Hanna.

— Ce pourrait être la seule journée suffisamment belle de la semaine pour aller dehors, avec cette tempête qui arrive.

Brad était le seul qui n'usait pas de ses charmes pour la convaincre.

Elle souriait sans s'en rendre compte. Il n'était vraiment pas une personne matinale. Pour tenter de ne pas être carrément grincheux, il restait assis et buvait silencieusement son café, refusant de participer à la moindre conversation qu'il pouvait éviter jusqu'à plus de neuf heures du matin.

— Pourquoi c'est à moi de prendre la décision finale ? demanda Hanna en retenant difficilement l'amusement dans sa voix. Si c'était une démocratie, puisqu'il semble que Brad s'abstient, vous auriez déjà plus de cinquante pour cent des voix.

Patrick céda, l'air légèrement contrit.

— Tout le monde sait que le vote d'une mère compte double comparé au reste d'entre nous.

Brad émit un son moqueur.

Rien d'autre. Rien qu'un simple son, mais c'était déjà plus que son habituelle contribution matinale, et soudain Hanna ressentit un profond désir de se lever, de faire rapidement le tour de la table et de se jeter dans ses bras. Peut-être même de le chatouiller jusqu'à ce qu'il se mette à rire.

Bien que, le connaissant, des chatouillis se changeraient probablement rapidement en des baisers... et c'était une façon de penser qu'elle devait éviter.

Depuis qu'elle avait perdu l'esprit dans la cuisine quelques jours auparavant, Brad avait fait attention à ne pas la brusquer, mais il l'avait observée attentivement. Il attendait, l'examinant à la recherche d'indices, et même si elle était vraiment tentée d'avancer, la pause momentanée avait été une bonne chose.

Cela lui donnait une occasion de réfléchir à ce qui était le mieux, non seulement pour l'instant, mais aussi pour l'avenir. À la fois pour Crissy et elle

Il lui était bien trop facile de tomber dans des rêveries pleines d'espoir et des pensées chimériques. Aller jusqu'au bout de ce que son corps désirait ardemment serait merveilleux sur le court terme, mais étant donné ce que Crissy espérait avoir comme cadeau de Noël, Hanna savait qu'elle devait respirer plusieurs fois calmement avant de s'engager davantage.

Peut-être que c'était ce qu'il fallait. Peut-être que Brad était celui qu'il leur était destiné, mais elle savait aussi qu'en allant plus vite qu'ils ne le devraient, cela pourrait provoquer un océan de souffrances. Elle tenait trop à Brad, et aussi à Patrick, pour désirer ça pour l'un d'eux.

Mais ça ? Cette requête devant elle en cet instant était un plaisir semblable à ses meilleurs souvenirs.

Elle examina les deux elfes malicieux devant elle, un âgé, l'autre jeune, et poussa un énorme soupir exagéré.

— Très bien, s'il *faut* que nous fassions une course de luges, je suppose...

Patrick pourrait bien avoir poussé un cri plus bruyant que Crissy.

— Seulement, Crissy, tu dois m'aider à passer les appels pour inviter les gens, l'avertit Hanna. Et tu dois m'aider à tout préparer *et* à nettoyer toute la pagaille qu'il y aura.

Crissy filait déjà pour attraper le téléphone tandis que Patrick sortait une feuille de papier et commençait à noter des noms.

Hanna croisa le regard amusé de Brad.

— Tu te rends compte que si tu voulais dire non, maintenant c'est trop tard.

— Ça va.

Deux mots entiers. Waouh, c'était un record.

— Je m'en souviendrai à l'avenir, l'avertit-elle. Quand je désirerai quelque chose de ta part, je te le demanderai simplement le matin, à la première heure.

L'éclair de désir dans les yeux de Brad l'avertit qu'il allait interpréter son offre exactement de la manière dont il le voulait.

— N'hésite pas.

Il termina son mug, se leva de table et plaqua une main sur l'épaule de son père avant de quitter la pièce.

L'organisation de la fête prit moins d'une heure. Peu de temps après midi, une collection de voitures et de camionnettes se garait devant le ranch de Lone Pine. Une fois qu'il avait été assez réveillé, Brad s'était joint à eux et avait fait plus que sa part pour les aider à tout préparer.

Personne n'était venu les mains vides non plus. Les petites

filles se dispersèrent avec Crissy en direction de l'écurie pour jouer avec les chatons jusqu'à ce qu'il soit l'heure de charger le traîneau et de monter la colline. Patrick les regardait avec un sourire de contentement tandis que les amis débarquaient, marquaient une pause pour dire bonjour et lui souhaiter de bonnes fêtes.

Tamara avait fait le trajet et s'était installée près de lui tandis que l'action continuait à circuler dans la cuisine.

Hanna marqua une pause pour lui parler.

— Contente que tu te sentes assez bien pour te joindre à nous, avança-t-elle.

Son amie lui lança un faible sourire.

— Si je disparais, ne le prends pas personnellement. Je ne peux simplement pas supporter l'idée de rater l'excitation des vacances des filles. Je ne veux pas que tous leurs souvenirs du bébé à venir soient en rapport avec mes nausées.

Hanna planta les poings sur ses hanches.

— Elles se rappelleront que leur mère a bien pris soin du bébé avant même qu'il ne sorte de son ventre. Les enfants sont résistants, lui rappela Hanna.

— Bon argument, reconnut Tamara en l'étreignant sincèrement. Merci.

Quand tout le monde fut installé sur le traîneau, il y avait suffisamment de personnes pour que Walker et Caleb soient forcés de monter sur d'autres chevaux. Patrick était assis avec les enfants sur des ballots de foin. Hanna était serrée entre Tamara et Brad, ses jambes pressées contre celles de ce dernier. Quand il plaça les deux rênes dans une main et glissa l'autre derrière elle, il lui fallut au moins trois minutes pour recommencer à respirer normalement.

Elle était dans ses bras, exactement là où elle voulait se trouver... inutile de se mentir plus longtemps. Cette idée lui fichait toujours la trouille, mais elle se languissait de son contact, de recevoir son attention et d'autres baisers.

Il arrêta le traîneau près du vieux chalet de montagne et tout le monde descendit, prépara les luges et amena des paniers de pique-niques dans la structure en bois. Ils allumèrent le poêle et firent chauffer du cidre dessus, et pendant à peu près une heure, les enfants filèrent de haut en bas de la colline avec les adultes qui les aidaient à remonter les luges.

C'était un plaisir des plus innocents, empli de bonheur et d'une douce joie. Hanna prit le temps d'examiner les visages de ses amis, ravie de voir qu'ils s'amusaient vraiment.

Même Tamara, qui s'était isolée sur un ballot dans le refuge du chalet. Ses filles alternaient entre s'asseoir avec elle et faire de la luge, et quand Caleb se rapprocha et s'agenouilla devant elle, lui caressant la joue avec un amour visible dans son contact, Hanna fut forcée de détourner les yeux.

Repérer Brad qui la fixait du regard ne fit rien pour calmer le martèlement de son cœur. Elle voulait...

— Maman. Viens jouer, demanda Crissy en lui attrapant la main pour la tirer vers le groupe enchanté de petites filles.

Hanna lança un dernier coup d'œil à Brad, qui lui fit un clin d'œil, puis elle fut entraînée dans le rire de Crissy.

La neige commença à tomber. De gros flocons cotonneux au début, couvrant tout d'un air festif comme les meilleures décorations de fêtes faites maison, avant de devenir de plus en plus épaisse. Hanna tourbillonna sur place, relâchant le bonheur en elle. Elle attrapa des flocons de neige sur sa langue avec sa fille tandis que Sasha, Emma et les autres amies de Crissy faisaient des anges dans la neige.

C'était une situation bien loin de la peur, des décisions et des événements importants... et Hanna voulait que cela continue pour toujours.

Il l'avait observée. Non, il l'avait *fixée* du regard, incapable de détourner les yeux alors qu'elle dansait avec ses amies et les enfants, un pur bonheur dans chacun de ses pas.

Quelqu'un se racla la gorge.

Brad se secoua, lança un coup d'œil sur le côté et vit Walker qui le regardait, le visage amusé.

— Ne te donne pas la peine de le dire, l'avertit Brad.

— Tu ne veux pas entendre que le chocolat chaud est prêt ? Quand avons-nous interdit de parler des boissons festives ?

Brad se rapprocha d'un pas et donna un coup d'épaule suffisamment fort à Walker pour le faire tournoyer. Les pieds de ce dernier glissèrent dans la neige et il se débattit avant d'atterrir sur les fesses.

Alors même qu'il riait, Walker roula, faucha les pieds de Brad. Ils luttèrent tous les deux comme s'ils étaient de nouveau des enfants dans la cour de l'école lors de leurs premières années de primaire.

Bien sûr, à l'instant où ils commencèrent à se bagarrer, les enfants trouvèrent ça bien trop amusant pour rester à distance. Elles s'empilèrent sur eux jusqu'à ce que Brad ait de la neige à l'intérieur de son col et que Walker ait des tonnes de poudre blanche sur les deux épaules.

— À l'intérieur pour vous réchauffer, chantonna Hanna. Allons, les filles. Et *les garçons*, dit-elle en souriant directement à Brad.

Crissy et le reste des filles filèrent en poussant des cris perçants, faisant voler les couettes et les écharpes alors qu'elles se glissaient dans la chaleur du chalet.

Walker tendit une main et Brad l'attrapa, tous deux se soutenant pour se lever.

— On dirait qu'une certaine personne fait comme chez elle.

Brad frappa le bras de Walker, faisant semblant de déloger la neige sur lui.

— N'as-tu pas quelqu'un de spécial que tu es censé agacer ?

— Si, répondit Walker avec un sourire satisfait.

Il lança un coup d'œil à Ivy qui était emmitouflée de la tête aux pieds. Son manteau bouffant brillait comme une partie du ciel contre le blanc immaculé.

— Je suis heureux pour toi, avança-t-il.

— Ne t'excite pas trop, l'avertit Brad. Les choses se passent bien, mais je ne vais pas trop vite en besogne.

Walker se rapprocha, glissa un bras autour de Brad et le tapota fermement sur l'épaule.

— Je te comprends, mais je pense que tu es vraiment dans une bonne situation. Et bien sûr, puisque Hanna n'a personne ici pour faire ça pour elle, je vais simplement t'avertir maintenant. Si tu fais quoi que ce soit qui blesse une de ces filles, Ivy m'a donné des instructions spécifiques qui consistent à t'entraîner dans l'arène et à t'attacher sous un taureau.

— Les femmes sont tellement sanguinaires, se plaignit Brad. Elles ont l'air innocentes, mais elles sont plus promptes à la violence que nous. Hanna a mis le nez de mon frère en sang, elle l'a cogné avec sa brosse à cheveux.

Son ami se mit à rire et le guida vers le chalet.

— Bien. J'aime entendre qu'elle sait se débrouiller.

Brad aussi, mais ce qu'il voulait vraiment, c'était être celui qui prendrait soin d'elle. Pas parce que Hanna en était incapable, mais parce que quelque chose au fond de lui désirait ardemment s'occuper d'elles deux.

Ils avaient préparé un feu de camp devant le chalet et placé des rondins tout autour en guise de sièges. Walker lança un clin d'œil espiègle à Ivy avant d'entraîner le groupe dans des chants de Noël. Tandis que Hanna s'installait à ses côtés, Brad se demanda combien de temps il allait devoir être patient.

Quand Crissy s'approcha, se glissa sur ses genoux et posa la tête sur son torse, Brad eut du mal à respirer.

Surtout quand Hanna leva les yeux. Son regard dériva sur sa fille et remonta vers le visage de Brad. Elle réfléchissait intensément, souriant un peu, mais pas vraiment. Mais quand elle plaça ses mitaines sous son coude et posa la tête contre son bras, quelque chose éclata en lui, comme si une de ces papillotes surprises à l'ancienne avait explosé. Sa tension se calma alors que l'espoir l'envahissait.

De l'autre côté du feu, Walker et Ivy souriaient d'un air narquois, d'autres amis les regardaient aussi – Hanna, Crissy et lui – d'un air approbateur.

À la vérité, Brad voulait quelque chose de spécial pour Noël, mais il savait bien qu'il n'obtenait pas toujours ce qu'il voulait. Vouloir quelque chose n'en faisait pas une réalité.

Il l'avait appris quelques années plus tôt quand sa mère était tombée malade. Peu importait le nombre de vœux de Noël qu'ils avaient fait, elle s'était quand même éteinte, laissant son père seul après tant d'années ensemble.

Ça ne semblait pas avoir d'importance, le nombre de fois où il avait souhaité que son frère arrête les disputes et revienne à la maison. Et, ça n'avait pas du tout changé les choses de souhaiter que son père n'ait pas été blessé. Brad était assez grand pour savoir que parfois la vie ne se passait pas comme il le voudrait.

Il baissa les yeux sur la femme à ses côtés et sur la petite fille dans ses bras, et même s'il savait la vérité, ça ne changeait rien. Parfois, le monde était cruel et des choses terribles se produisaient. Parfois, il n'obtenait pas ce qu'il voulait. Mais les choses qui comptaient vraiment – celles qui devaient vraiment se réaliser – il se battrait pour elles, quoi qu'il arrive.

C'était pour ça qu'il allait faire tout ce qu'il pourrait pour que *cet* instant devienne réalité pour toujours.

13

Tout le groupe retourna à Lone Pine avant que la neige ne commence vraiment à tomber. Tout le monde se dirigea vers son véhicule, aucune excuse n'était nécessaire alors qu'ils se dépêchaient pour pouvoir prendre la route avant qu'elle ne devienne impraticable.

— Ce sont de légers flocons cotonneux, mais ils sont quand même traîtres, se plaignit Tansy à Hanna en glissant les pieds dans ses bottes et en se préparant à partir avec sa sœur.

Le téléphone de Brad avait sonné un instant plus tôt, et il parlait à l'arrière, probablement sollicité. Il se joignit à elles, enfila son manteau et fronça les sourcils vers le véhicule dans lequel les filles étaient arrivées.

— Je dois aller en ville. Je vais vous emmener, suggéra-t-il. Vous pourrez venir chercher votre voiture demain une fois que les chasse-neige seront passés.

Elles acceptèrent son offre et étreignirent Hanna et Patrick avant de sortir.

Brad hocha la tête vers son père puis se pencha et embrassa Hanna rapidement.

— Je dois filer.

Elle n'eut même pas le temps d'être gênée qu'il l'ait embrassée en public. Tout le monde se hâtait, et ils passèrent d'une maison pleine de gens à seulement Patrick, Crissy et elle en moins de quinze minutes.

— Je pense que c'est un nouveau record, dit Patrick quand elle le mentionna. Mais c'est logique. Rentrer chez soi avant que les routes ne soient impraticables est une bonne idée.

Il se déplaçait lentement comme s'il souffrait.

— Puis-je aller vous chercher quelque chose ? demanda-t-elle.

Patrick hésita avant de hocher la tête avec réticence.

— Je n'aurais échangé cette sortie pour rien au monde, mais je ferais mieux de prendre quelque chose ou je ne pourrai pas dormir, et j'aurai encore plus mal demain.

Elle mit la bouilloire en route puis courut chercher les antidouleurs dans son placard de salle de bain fermé à clé. Patrick prit les médicaments, puis s'installa devant le feu. Il ferma les yeux, et tandis qu'il se détendait, les rides profondes dues à la douleur sur son visage s'apaisèrent légèrement. Hanna attrapa un jeté tricoté sur le canapé et le plaça sur lui. Une sensation de proximité à laquelle elle ne s'était pas attendue l'emplissait.

Crissy pensait que Patrick était le père Noël, et ils devraient s'occuper de ça à un certain moment. Ce qui était vrai, c'était que cet homme était devenu davantage qu'un ami lointain au cours de la semaine écoulée.

Crissy avait disparu à l'instant où ses amies étaient parties. Hanna présumait qu'elle était partie jouer avec ses nouveaux jouets. Seulement, après que Patrick se fut installé, elle alla vérifier et vit que Crissy n'était pas dans sa chambre.

Hanna resta silencieuse, le cœur battant alors qu'elle essayait de trouver où sa petite fille était allée. Elle vérifia sa chambre, les deux salles de bain, la salle de travaux manuels et, à tout hasard, elle ouvrit même la porte de la chambre de Brad.

Rien ici en dehors d'un lit king-size parfaitement fait.

Ce ne fut que lorsque Hanna pensa à chercher ses bottes qu'elle se rendit compte que Crissy avait dû sortir discrètement pour aller à l'écurie. Les filles avaient joué avec les chatons avant la sortie sur la colline, et Crissy avait probablement voulu leur dire bonne nuit aussi.

Elle enfila son manteau et prit le chemin de l'abri douillet. Elle passa devant les box des chevaux qui mâchaient avec entrain leur dîner tardif. Même si leurs visiteurs étaient partis précipitamment, tous les cow-boys s'étaient arrêtés pour prendre bien soin des chevaux avant de les laisser au chaud et satisfaits pour la nuit.

Elle trouva Crissy assise en tailleur avec les chatons sur ses cuisses, le visage marqué de larmes.

— Ma puce, que se passe-t-il ? demanda Hanna, paniquée, vérifiant s'il n'y avait aucun signe évident de blessure.

La voix de Crissy se transforma en un cri tremblant.

— Nous avons oublié Blackie.

Hanna ne comprenait pas.

— Vous avez oublié Blackie où ?

Une détresse intense se leva vers elle.

— Nous avons emmené Blackie en douce jusqu'au chalet. Il était dans ma poche pour y aller. Je croyais qu'Emma l'avait ramené, mais elle n'a pas pu l'attraper puis elle est montée avec son papa et comme j'étais sur le traîneau, elle n'a pas pu me le dire avant qu'on soit rentrés et maintenant il est tout seul.

Après la joie de la journée, la peur et la tristesse de sa fille firent fondre le cœur de Hanna.

— Le chalet est chaud. Blackie ira bien.

— Mais pas quand il fera froid.

Des larmes coulaient sur le visage de Crissy. Elle pleurait si fort qu'elle pouvait à peine émettre des sons.

— Ça va. Nous allons trouver un moyen d'arranger ça, promit Hanna en prenant les chatons sur les cuisses de Crissy pour les ramener à leur mère avant de prendre sa fille dans ses bras et de rentrer à la maison.

— Je veux appeler Brad, chuchota Crissy. Il arrangera ça.

Mais Brad était parti en intervention. Malgré tout, Hanna savait qu'il voudrait être averti.

— Je vais l'appeler tout de suite.

Elle resta dans le débarras extérieur alors que Crissy filait. Elle attendit avec un léger espoir jusqu'à ce qu'elle tombe sur la boîte vocale de Brad.

Il fallait faire quelque chose d'autre.

Crissy avait déjà informé Patrick de ce qui n'allait pas. Il était allé dans la cuisine et se reposait difficilement à table, les yeux inquiets.

— Je vais aller chercher la petite chose.

Hanna posa une main sur son épaule et l'empêcha de se lever de sa chaise.

— Vous n'allez rien faire de tel.

— Mais maman...

— Mais Hanna, jeune fille...

Elle les arrêta tous les deux d'un regard sévère.

— C'est tout aussi important pour moi que pour vous, mais je ne vais pas laisser Mr Patrick s'en aller faire quelque chose de dangereux. Vous avez pris assez d'antidouleurs pour endormir un éléphant, lui dit-elle sévèrement. Comment allez-vous rejoindre le chalet et revenir sans vous blesser exactement ?

Il se rassit lourdement sur la chaise et une de ses cannes tomba avec fracas sur le sol, résonnant comme un coup de feu.

— Oh. Ça.

Elle croisa les bras sur sa poitrine.

— Oui, *ça*.

Crissy appuya son visage contre le ventre de Hanna, une détresse intense dans la voix.

— Est-ce que Blackie va mourir ?

Hanna caressa la tête de sa fille.

— Bien sûr que non. Seulement, nous devons être malins et préparer un plan d'urgence. Parfois, nous devons aller vite, comme lorsque Mr Brad t'a sorti de l'incendie. Mais la plupart du temps, quand quelque chose se passe mal, on ralentit et on réfléchit bien pour pouvoir préparer un plan *intelligent*. Travaillons là-dessus, d'accord ?

Elle tira une chaise et souleva Crissy pour la poser dessus avant d'aller vers le plan de travail et de préparer des tasses de chocolat chaud. Même si elle n'en avait pas envie, elle savait qu'une boisson chaude était une bonne idée pour elle aussi.

Patrick tapota doucement l'épaule de Crissy.

— Ta maman a raison. Je connais cette règle, mais j'avais oublié.

Crissy leva les yeux vers lui avant de lui assurer gentiment :

— S'inquiéter pour un chaton, ça rend difficile de suivre les règles.

— C'est bien vrai, petite demoiselle, c'est bien vrai.

Hanna se plaça en face d'eux, attendant que Crissy en prenne quelques bonnes gorgées. Puis elle posa les mains sur la table et énonça les options.

— Brad est parti travailler, et même si je sais qu'il pourra nous aider quand il rentrera, nous devrions élaborer un plan au cas où cela ne se produirait pas avant un bon moment. Patrick, combien de temps est-ce que le chalet restera assez chaud pour que Blackie aille bien, à votre avis ?

Il y réfléchit délibérément avant de parler lentement.

— Au moins jusqu'au matin. Avec la neige qui tombe, il ne

fait pas si froid. Cet endroit est bien isolé. J'ai déjà contenu le poêle lors de soirées et la température permettait encore de rester en chemise à midi le lendemain avec une météo comme celle-ci.

— Alors il est inutile de se précipiter, signala Hanna. Demain matin, quand Brad sera rentré, nous lui demanderons s'il peut vous emmener sauver Blackie.

Les épaules de Crissy se détendirent comme si toutes ses peurs avaient disparu. Seulement, elle regarda Patrick avec des yeux suppliants.

— Vous êtes sûr que vous ne pouvez pas envoyer Rudolph ?

Le vieil homme lança un coup d'œil à Hanna avec inquiétude avant de secouer la tête et de faire signe à Crissy de grimper sur ses genoux.

— Tu sais que le père Noël est magique, n'est-ce pas ?

Elle hocha lentement la tête, tendant les doigts pour toucher sa barbe.

Il sourit, des pattes-d'oie se plissant aux coins de ses yeux.

— Une chose que le père Noël fait parce qu'il ne peut pas être partout, c'est de partager sa magie spéciale avec des gens. Ce n'est pas le genre de magie qui peut faire voler des rennes, mais le genre qui rend les gens heureux. C'est une magie spéciale qui les aide à faire des choses qui rendent les autres heureux. C'est comme ça que le père Noël peut effectuer tant de choses même si c'est un homme seul. Il fait en sorte que d'autres personnes soient des pères Noël remplaçants.

Crissy écarquilla les yeux, comprenant l'allusion.

— Alors, vous n'êtes pas le père Noël, mais vous le *connaissez* ?

Hanna retenait son souffle, se demandant comment Patrick allait empêcher la situation de devenir catastrophique.

Elle aurait dû savoir que cet homme intelligent et attentionné pouvait gérer ça.

Il tapota Crissy sur le nez avant de poser le doigt sur ses propres lèvres comme s'il était sur le point de lui révéler un secret.

— Le père Noël voyage. Il est fort probable que tu l'aies rencontré aussi, et tous ceux qui l'ont rencontré en sortent changés. Tu as raison. Je ne suis pas le père Noël, mais je connais très bien le vieux coquin, et toutes les choses qui sont importantes pour lui sont importantes pour moi. Y compris le petit Blackie. Je n'ai pas de rennes magiques qui puissent le ramener à la maison, mais avec mon fils et ta maman, je sais que tout ira bien.

Crissy lança un coup d'œil à Hanna. Elle chuchota comme si Patrick n'était même pas là.

— *Tu* as rencontré papa Noël ?

Hanna pensa aux gens qui l'avaient aidée quand elle avait été sans-abri et enceinte, aux gens qui avaient été là pour elle quand elle avait peiné en tant que mère célibataire, aux nouveaux amis qui leur avaient donné tant de choses à Crissy et à elle au cours des derniers jours.

— Oui, lui assura Hanna. Je connais beaucoup d'assistants du père Noël.

Crissy leva la main et pointa le pouce vers Mr Patrick, haussant les sourcils comme pour demander une confirmation.

Hanna se pencha en avant.

— C'est vraiment un assistant du père Noël.

Sa fille inspira profondément et posa la tête contre le torse de Patrick. Une expression émerveillée apparut sur le visage du vieil homme alors qu'il la serrait avec hésitation.

— Je croyais que les assistants du père Noël s'appelaient des elfes, dit Crissy, la voix fatiguée après l'inquiétude et l'excitation de la journée.

Patrick émit un petit rire. Ce son ressemblait tellement à celui de Brad que cela remua quelque chose en Hanna. C'était un autre rappel du lien qui grandissait entre eux tous, quelque chose de chaleureux et riche… qui ressemblait beaucoup à ce qu'une famille était censée être.

L'appel n'était pas venu du district de Heart Falls, mais à trois localités de là, plus près de Crowsnest Pass. En tant que capitaine des pompiers du district, il devait se rendre plus loin quand c'était requis, mais ça tombait vraiment mal quand une de ces urgences arrivait à un moment où il aurait espéré pouvoir rester plus près de chez lui.

Le pire, c'était qu'aller au fin fond de la campagne voulait dire qu'il perdait sa couverture réseau neuf fois sur dix, et ce jour-là ne faisait pas exception. Brad ne pouvait pas appeler Hanna et Patrick pour leur faire savoir où il était.

Il serra la main d'une équipe de volontaires pour déclarer la fin d'une mission couronnée de succès puis conduisit pendant plus d'une heure dans les ténèbres avant que le soleil ne commence à éclaircir le ciel. De longues journées sombres étaient la règle en décembre, mais entre les ténèbres et la lourde neige qui continuait à tomber, Brad avait roulé au ralenti au lieu de se précipiter chez lui comme il l'aurait voulu.

Il monta la route vers Lone Pine avec difficulté, même son 4x4 luttait contre l'épaisseur de la neige qui s'était entassée depuis la veille. Il était fatigué et couvert de fumée, mais absolument ravi d'ouvrir la porte et de pénétrer dans la chaleur de la maison.

La dernière chose à laquelle il se serait attendu, c'était d'être attaqué par une petite fille qui enroula les bras autour de lui puis éclata en sanglots.

Il s'arrêta et la prit dans ses bras, tapotant le dos de Crissy.

— Hé, ma chouquette. Que se passe-t-il ?

Patrick se rapprocha avec ses cannes. Il avait le visage tiré sous l'inquiétude alors qu'il les rejoignait dans le couloir.

— Tu n'as pas écouté tes messages.

Brad secoua la tête.

— J'étais hors réseau et je me suis dit que je devrais rentrer à la maison.

Crissy l'attrapa par le visage et le força à la regarder.

— Maman est allée sauver Blackie, mais maintenant elle va être perdue dans la tempête.

Une poussée d'adrénaline dans ses veines poussa tous ses nerfs en alerte.

— Qu'a fait Hanna ?

Patrick leva une main vers Crissy.

— Ralentis, petite demoiselle. Laisse-moi expliquer, d'accord ?

Elle gigota jusqu'à ce que Brad la repose, puis se précipita dans la cuisine pendant que Patrick mettait Brad au courant.

— Il semble que les filles ont emmené clandestinement un des chatons pendant notre sortie luge d'hier, et la petite chose a été oubliée au chalet. Nous avons attendu jusqu'à ce matin, mais Hanna a insisté en disant qu'elle ferait mieux d'aller le chercher avant que la météo n'empire. C'était il y a une heure et demie. Elle devrait être revenue maintenant.

Brad retint ses jurons, lançant un rapide coup d'œil par la fenêtre vers ce qu'il savait déjà.

— La neige tombe plus fort qu'avant.

— Elle a insisté en disant qu'elle était à l'aise sur la motoneige, et elle connaît le chemin. Elle a dû avoir un problème de moteur ou quelque chose comme ça.

C'était logique, mais Brad s'en voulait de ne pas avoir été là pour les aider avant que Hanna ne parte dans la nature toute seule. Il se hâta d'aller dans le couloir menant à sa chambre pour prendre quelques affaires.

— Que portait-elle ?

— Elle est habillée chaudement. Je lui ai fait mettre l'équipement de motoneige de Connie, et elle a pris du ravitaillement au cas où, répondit Patrick en pointant le bout du couloir. Nous avons préparé à manger, alors tu peux aller la chercher. Crissy et moi, nous nous en sortirons jusqu'à ce que tu la ramènes.

Brad rassembla tout ce qu'il pensait être potentiellement nécessaire, remplit un sac en toile de vêtements très chauds et du matériel d'urgence si le pire s'était produit.

Il entra dans la cuisine et trouva Crissy préparant d'autres sandwichs. Son visage était rigide comme si elle était résolue à ne pas pleurer alors qu'elle étalait soigneusement du beurre de cacahuète.

Elle parla sans lever les yeux vers lui.

— C'est ma faute, chuchota-t-elle.

Brad se mit à genoux devant elle, lui attrapa les épaules et la força à le regarder dans les yeux.

— Peut-être que tu n'aurais pas dû emmener le chaton, mais les accidents, ça arrive. Ce n'est la faute de personne, et je ne veux pas que tu t'en veuilles pour une tempête. Est-ce que tu sais vraiment comment contrôler la météo ?

Elle secoua la tête, les yeux emplis de larmes.

— Mais maman n'est pas là, et c'est ma faute.

Cela démangeait Brad de sortir, mais Hanna aurait insisté en disant que c'était plus important.

— Ta maman est une adulte, et elle prend ses propres décisions. Si elle est allée chercher Blackie, c'est parce qu'elle pensait que c'était ce qu'il fallait faire. Tout comme je suis un adulte, et je vais aller faire ce qui me semble bien.

— Tu vas aller sauver maman et Blackie ?

— Je vais aller leur donner un coup de main, la corrigea-t-il.

Je ne pense pas qu'ils ont besoin d'être sauvés. Je pense qu'ils ont simplement besoin d'un ami.

Crissy passa les bras autour de son cou et le serra fort.

— Je suis contente que tu sois notre ami.

— Je suis content aussi, dit-il en lui rendant son étreinte.

Il absorba la force qui provenait de l'amitié de la petite fille pour éloigner une partie de ses propres peurs. Puis ils empilèrent les sandwichs et les ajoutèrent à la nourriture que Patrick avait déjà préparée.

Tous les deux l'accompagnèrent à l'écurie où il prépara la motoneige. Crissy déposa un baiser sur sa joue avant de retourner à côté de Patrick.

— Tu prends soin de mon papa, lui dit Brad sévèrement. Tu lui dis de te préparer des sandwichs au fromage fondu pour le déjeuner. Et si je ne reviens pas avec ta maman aujourd'hui, ça voudra dire que nous sommes simplement prudents. Tu dormiras à l'heure pour que le père Noël puisse venir, d'accord ?

Crissy glissa la main dans celle de Patrick.

— D'accord.

— Fais tout ce qui est nécessaire pour être en sécurité, et ne t'inquiète pas pour nous, lui ordonna Patrick. Ça ira.

C'était comme rouler dans le brouillard le plus épais qu'on puisse imaginer. La seule chose que Brad avait pour lui, c'était qu'il connaissait le terrain après l'avoir exploré depuis qu'il était petit garçon. De plus, sa mère avait entraîné ses enfants à utiliser les lignes vallonnées des ravines et des collines au lieu de se reposer sur les arbres... elle les avait avertis qu'il y aurait des moments où ils n'auraient pas de visibilité, mais qu'ils pourraient savoir où ils se trouvaient.

Elle leur avait appris que parfois rentrer à la maison pourrait être impossible, mais que l'on pouvait quand même être en sécurité : se terrer, rester avec la motoneige.

La seule chose dont il avait peur, c'était que Hanna ait quitté le sentier quelque part et qu'il la rate.

Mais sa mère leur avait aussi dit de prévoir le pire et d'espérer le meilleur, alors Brad alla droit au chalet, écartant le reste de ses plans d'urgence jusqu'à ce qu'il sache avec certitude qu'ils étaient requis.

Il arriva sur l'avant-dernière colline quand l'odeur de la fumée de bois le frappa, puissante et profonde, et même s'il ne pouvait rien voir, ses peurs s'apaisèrent quelque peu. Quelqu'un était dans le chalet, parce que la fumée était épaisse et récente, pas un feu couvé qui s'attardait de la veille.

Il se gara près de la motoneige de Hanna et traîna le matériel d'urgence avec lui en approchant du porche. Il tapa ses pieds sur le sol et épousseta la neige sur ses épaules avant d'ouvrir la porte et de jeter un coup d'œil à l'intérieur.

Le chalet d'une pièce luisait sous la douce lumière des bougies et les flammes vacillaient à travers la vitre hermétique du poêle. Hanna, qui était assise devant le feu, se redressa et un petit chat noir bondit de ses cuisses et traversa paresseusement la pièce.

Le soulagement s'entremêla à la joie, et il laissa tomber ses sacs pour pouvoir fermer la porte, il poussa le verrou pour les protéger du vent qui se levait.

Hanna le retrouva à mi-chemin, se pressa contre Brad et s'agrippa à lui. Il la serra fort, ferma les yeux et laissa son rythme cardiaque retourner à la normale.

Quand il ouvrit les yeux, il découvrit l'organisation la plus étrange dans le coin de la pièce. Une chaise reposait sur une boîte sur le dessus de la table de cuisine, le tout ressemblant à une étrange volée de marches menant vers le toit.

— Tu as refait la décoration.

Hanna recula dans ses bras. Elle avait les joues roses, et était couverte de la tête aux pieds de flanelle chaude.

— J'ai eu quelques problèmes pour récupérer Blackie, expliqua-t-elle.

Il regarda l'assemblage de plus près alors qu'il retirait ses bottes et son équipement couverts de neige. Elle lui prit les affaires, pendit les vêtements sur des crochets et se déplaça silencieusement tandis que le feu crépitait dans le poêle.

— Je suppose que cette créature ingrate n'attendait pas patiemment près de la porte que tu viennes la sauver ?

Hanna secoua la tête.

— Comment va Crissy ? Elle doit être morte de peur.

— Elle va bien. Patrick l'a calmée. Elle t'a envoyé un million de sandwichs au beurre de cacahuètes pour que tu ne meures pas de faim.

Il referma la distance entre eux.

— Tu m'as fait peur aussi, chuchota-t-il. Je n'arrive pas à croire que tu sois venue ici pour sauver un chaton.

— Tu aurais fait la même chose, et tu le sais, lui dit-elle vivement en posant la main sur la sienne. Je reprenais juste mon souffle avant de prendre le chemin du retour.

Le vent choisit ce moment-là pour souffler plus fort qu'avant. Il fit cliqueter les carreaux et envoya un long sifflement à travers les petites fentes du mastic entre les rondins.

— Nous n'irons nulle part, l'informa Brad. Le risque de se perdre est trop élevé.

Hanna alla à la porte et l'ouvrit, le vent glacé tourbillonna autour d'elle et fit voler violemment ses cheveux. Brad tendit le bras pour refermer la porte et posa l'épaule dessus lorsqu'une bourrasque faillit la lui arracher.

— Ce n'était pas comme ça quand je suis montée, lui dit Hanna. Je ne serais pas sortie, même pas pour Blackie, si ça avait été le cas.

Ses propos rassurants firent fondre le reste de peur qui oppressait son torse.

— Bien.

Hanna posa son regard sur lui, marqua une pause sur sa joue. Elle se rapprocha et passa le pouce sur sa peau avant de reculer pour montrer une trace de suie.

— Est-ce que tout s'est bien fini ?

— En dehors du fait que j'ai besoin d'une douche, oui.

C'était comme si la pensée les frappa tous les deux au même instant. Il l'avait avertie qu'ils n'iraient nulle part, pas avant que la tempête ne soit passée. Ils avaient de quoi manger et se chauffer, et pour la première fois depuis qu'ils avaient commencé à se voir, ils étaient complètement seuls. Personne n'allait les surprendre. Aucune petite fille n'allait frapper à la porte pour les interrompre…

Hanna se détourna, alla vers le plan de travail où elle retira la plus grosse casserole de l'égouttoir, où elle avait été laissée après la fête. Elle revint, son visage était digne d'une joueuse de poker.

— Avant que tu ne t'installes vraiment, je suppose que nous ferions mieux de commencer à faire fondre de la neige.

Il renfila son manteau et ses bottes, se glissa dehors et rapporta du bois pendant qu'il y était. Chaque fois que la porte s'ouvrait, Hanna était là pour l'aider.

Aucun d'eux ne dit quoi que ce soit sur ce qui pourrait se passer. Mais ils y pensaient, tous les deux, affreusement fort. Brad savait que, quelle que soit la force de son désir pour elle, à moins qu'elle ne fasse le premier pas, il ne la brusquerait pas.

Ça dépendait d'elle maintenant. Complètement d'elle.

14

Il restait moins de vingt-quatre heures avant Noël, et Hanna n'aurait pas demandé mieux que de passer un bon savon au père Noël.

Ou elle devrait peut-être se réprimander. Elle savait qu'elle n'aurait pas dû faire un vœu comme *si seulement je pouvais me retrouver piégée seule avec Brad Ford pendant un moment.*

Parce que c'était arrivé. Ils étaient piégés, tout seuls dans un chalet isolé où il faisait chaud, et où cela ne faisait que se réchauffer.

L'odeur de la fumée du bois ne sortait pas de la cheminée, mais provenait du gentil géant qui se tenait à table à organiser les ressources en nourriture qu'ils avaient à eux deux. Il avait entassé une quantité excessive de bois, puis avait porté deux énormes marmites vers la cuisinière, toutes les deux remplies de neige.

Après avoir retiré son manteau, épousseté la neige fraîche et l'avoir accroché pour qu'il sèche, il l'avait aidée à démonter son échelle improvisée.

Un rire grondant échappa à Brad lorsqu'il regarda la distance jusqu'au toit.

— Comment est-ce que Blackie est monté là-haut d'abord ? demanda-t-il, amusé.

— Il doit appartenir au père Noël et il sait comment voler.

Hanna avait répondu d'un ton quelque peu bougon, parce que découvrir que le chaton n'allait pas coopérer avait été un défi qu'elle ne s'était pas attendu à devoir affronter en plus du reste.

Et maintenant, Brad faisait de son mieux pour ne pas la regarder, ce qui d'une certaine manière rendait ça agréable pour elle parce qu'elle s'était installée de nouveau dans le fauteuil près du feu, avec une vue dégagée alors qu'il œuvrait à table.

Il avait relevé ses manches, et ses forts avant-bras étaient marqués de légères traces de suie. Encore une fois, les mots montèrent aux lèvres de Hanna pour lui suggérer de se laver.

Mais cela voudrait dire qu'il enlèverait ses vêtements, et Hanna ne pensait pas être assez forte pour simplement lui tourner le dos et faire comme s'il n'était pas là, comme si elle ne voulait pas regarder pendant qu'il retirait chaque vêtement de son corps puissant.

Cela demanderait plus de force qu'elle n'en avait de nier que ce qu'elle voulait, c'était de se déshabiller avec lui et de passer à la nouvelle étape logique de cette relation.

Elle replia davantage les jambes, passa les bras autour de ses genoux et regarda fixement le feu. Elle laissa ses pensées tourner à 100 à l'heure jusqu'à ce que le calme revienne. Il lui semblait impossible de se concentrer sur les flammes dorées et rouges et de retenir la tension qu'elle avait en elle. Et tandis que la chaleur lui caressait les bras et que Brad s'installait dans le fauteuil près d'elle, Hanna se rendit compte que ses plus grandes peurs ne le concernaient pas.

C'était toujours le passé qui faisait trembler ses fondations. C'était toujours l'inquiétude qu'il puisse faire volte-face et lui voler son cœur si elle faisait un autre pas vers lui. Parce qu'elle ne pouvait pas se mentir là-dessus... il n'y avait pas qu'un besoin physique entre eux.

Son cœur était engagé.

Hanna se tourna et l'examina d'un air délibéré, réfléchissant à tout ce qui faisait de Brad la personne qu'il était. Son sourire facile, la manière dont il bougeait son large corps d'une manière si intentionnelle, se transformant en un mur protecteur en un instant.

Des mains fortes qu'il avait utilisées pour prendre Crissy si prudemment dans ses bras, les mêmes mains qui avaient malmené son frère et avaient aussi apporté du plaisir à Hanna...

Elle admirait les choses qu'elle connaissait de lui. Il n'était pas le garçon qui avait couché avec elle et lui avait brisé le cœur. Il n'était pas sa famille qui l'avait abandonnée quand elle aurait dû la soutenir.

Brad était solide, non seulement physiquement, mais moralement aussi et, quel que soit le destin qui les avait menés jusqu'ici, il était temps pour elle de laisser le passé derrière elle et d'embrasser l'avenir.

Le couvercle sur une des marmites gronda lorsque l'eau se mit à bouillir, et Hanna se leva. Elle ignora la question dans le regard de Brad alors qu'elle rassemblait les affaires dont elle avait besoin. Elle prit un gant qu'elle avait trouvé dans un des sacs et une bassine qu'elle posa sur la table près du poêle à bois. Elle versa quelques louches d'eau froide d'abord avant d'en ajouter de la cuisinière jusqu'à ce que la bassine soit à la parfaite température.

Hanna inspira profondément puis se tourna vers lui.

— Enlève ta chemise, ordonna-t-elle.

Brad s'immobilisa alors qu'il la regardait de haut en bas.

— Hanna ?

Annoncer ses intentions était incroyablement intimidant, pourtant il méritait de les entendre. Elle rassembla son courage, s'avança entre ses jambes et tendit les mains pour déboutonner sa chemise.

— Tu as une odeur de feu de camp, lui dit-elle franchement.

Les yeux de Brad brillèrent d'amusement.

— Ce n'est pas inhabituel pour moi.

— J'ai remarqué. Ça ne me dérange pas, la plupart du temps, mais je ne veux pas que nos draps soient recouverts de suie.

Il lui attrapa les poignets, l'empêchant de repousser la chemise sur ses épaules.

— *Hanna.*

Cette fois, la manière dont son prénom était sorti se trouvait quelque part entre une promesse et une supplique.

Elle s'avança encore, et il la lâcha immédiatement. Il remua les épaules pour l'aider à retirer la première épaisseur, puis baissa le bras et leurs mains entrèrent en contact alors qu'il l'aidait à retirer son tee-shirt.

Torse nu, il s'avança sur son fauteuil et écarta plus largement les cuisses pour lui donner de la place alors qu'elle approchait le gant. Elle lui lava le visage, passa le tissu sur sa tête et sur son cou. Hanna se retourna pour plonger le gant dans l'eau, l'essora, puis l'appliqua de nouveau sur lui. Elle lui lava les épaules, les bras, ses larges pectoraux et ses côtes. La respiration de Brad s'accéléra et son torse se déplaçait sous le contact de Hanna.

Son érection se pressait contre l'avant de son jean, épaisse et impatiente.

Elle plongea de nouveau le tissu dans l'eau, reconnaissante d'avoir les pauses momentanées entre ses contacts parce qu'elle était en feu sous le désir. S'avançant vers lui au lieu de passer derrière lui, elle tendit le bras pour lui laver le dos, le regard fixé sur le visage de Brad tandis qu'il la regardait attentivement. Ses yeux bleu vif étaient emplis de désir.

Hanna rinça de nouveau le gant avant de lui laver les avant-bras puis passa le doux tissu entre ses doigts.

L'eau avait refroidi, alors elle ajouta une autre louche d'eau chaude. Se préparant à se retourner, elle lui fit signe de se lever.

Il s'exécuta, la dominant de sa taille, pourtant elle avait l'impression qu'ils étaient parfaitement à égalité, tout autant dans leur désir que leur envie.

Hanna tendit la main vers le bouton et défit son pantalon.

C'ÉTAIT un de ces moments où Brad s'inquiétait du fait que s'il produisait le moindre son, cela interromprait la magie ; et que les mains tremblantes de Hanna disparaîtraient alors qu'elle ouvrait son jean et l'aidait à le faire descendre sur ses hanches, et que tout ça s'avérerait être un rêve fiévreux et rempli de désir.

Seulement, alors qu'il l'aidait à retirer son pantalon et qu'elle hoquetait doucement puis tournait le dos pour attraper son gant, il sut que la magie était assez puissante pour durer.

Elle avait pris sa décision, et il en était extrêmement reconnaissant.

Le tissu chaud lui caressa les cuisses. Hanna écarquilla les yeux pendant qu'elle le touchait et lui lavait les jambes, mais elle contournait le territoire encore couvert par son boxer. C'était mignon de la voir ostensiblement ignorer sa verge alors que le membre rigide essayait de manière flagrante de s'échapper de ses confins.

Mignon en tout cas jusqu'à ce qu'elle marque une pause devant lui et lève lentement les yeux pour croiser les siens.

— Enlève-le, ordonna-t-elle, aussi hardie qu'un sergent instructeur.

On ne se cachait plus. Sa verge se redressa pratiquement à la verticale, tellement dure sous l'anticipation qu'il en avait mal. Quand elle mouilla de nouveau le gant et enroula le tissu autour de son membre, le caressant prudemment, Brad jura doucement.

En fait, elle le caressa plus fort.

— Tu ferais bien de terminer bientôt, l'avertit-il, les mots sortant dans un grondement à peine compréhensible.

Hanna se mit à rire, un son plein de légèreté et de joie puis, elle recula, le regard bien plus hardi qu'il ne s'y serait attendu. Quand elle approcha les mains du bas de son pull et le tira par-dessus sa tête, le cœur de Brad battit avec le *boum-boum* d'un tambour.

Une douce innocence se dénudait devant lui.

Elle plia soigneusement son pull puis le posa sur un fauteuil avant de retirer son pantalon. Quand il ne lui resta plus que de simples sous-vêtements blancs, les pieds dans des chaussettes en laine grises, elle marqua une pause, les mains le long du corps.

— Seigneur, Hanna, tu me tues.

Elle se retourna, tendit lentement la main derrière elle et retira son soutien-gorge avant de lui faire à nouveau face, la poitrine haute, les mamelons tendus. Elle rougissait alors qu'elle glissait les pouces sous le bord de sa culotte et la faisait glisser sur ses jambes, puis elle se retrouva nue, en dehors de ses chaussettes.

Le cerveau de Brad était à trois secondes de s'éteindre pour de bon, mais avant qu'il ne pète complètement les plombs, un moment de panique l'envahit.

Il leva un doigt.

— Ne bouge pas, ordonna-t-il.

Brad traversa précipitamment la pièce vers son sac, cherchant désespérément dans la poche latérale avant de pousser un soupir de soulagement lorsqu'il en sortit une poignée de préservatifs.

Une peau douce et nue se pressa contre lui alors que Hanna se penchait, ses doigts lui caressant le bras pour prendre un des emballages.

— Je suis contente que tu en aies d'autres.

Brad se tourna vers elle alors que la surprise diminuait sa capacité cérébrale pendant un instant.

— *Toi*, tu as des préservatifs ?

Elle hésita.

— J'ai commencé à me balader avec il y a quelques jours, avoua-t-elle.

Il la souleva et la ramena devant le feu, plaça le reste de côté avant de réchauffer l'eau et d'essorer le gant.

Puis il entreprit de bien s'amuser.

Il la lava de la tête aux pieds, la taquina alors qu'il passait le tissu chaud sur ses seins, les frottant jusqu'à ce que ses mamelons deviennent rouge vif et que sa poitrine tremble sous son intense respiration.

Il mouilla de nouveau le tissu, posa les mains sur ses cuisses jusqu'à ce qu'elle les écarte plus largement pour le laisser caresser son sexe. De doux mouvements le long de chaque côté de ses lèvres suivirent, remontant et dessinant des cercles autour de son clitoris. Il plia le tissu autour de ses doigts pour pouvoir l'utiliser avec précision jusqu'à ce que les hanches de Hanna se dirigent de manière incontrôlable vers le haut.

La chaleur se déversait du feu et les entourait. La lumière frôlait la peau de Hanna et soulignait chaque mouvement. Brad posa le gant et la souleva, la porta vers le lit et l'allongea sur le matelas recouvert d'une couette.

Il s'allongea près d'elle et passa une main sur sa peau douce.

— Je veux tout, tout en même temps. Je veux toucher tes seins.

Sa paume la caressait tandis qu'il parlait.

— Je veux les lécher jusqu'à ce que tu te tortilles. Je veux te mordiller jusqu'à arriver entre tes jambes puis festoyer jusqu'à ce que tu cries mon prénom. J'ai besoin d'être en toi.

Elle enroula les doigts autour de sa verge, et il inspira brusquement.

— J'ai besoin de tout ça aussi. Je te veux, Brad.

Ils ne reviendraient plus en arrière maintenant. Il roula au-dessus d'elle, le corps menu de Hanna était chaud comme une braise sous lui. Elle écarta plus largement les jambes et il s'installa plus près d'elle. Appuyé sur les coudes pour ne pas l'écraser, il la fixa dans les yeux.

— Tu m'as, avoua-t-il. Tu as tout de moi.

Elle était entrée dans un rêve merveilleux, mais qui n'était pas hors de portée. Il était juste là, c'était à elle que ça arrivait. Sa peau la picotait là où il l'avait touchée, pratiquement partout. L'odeur de propre du savon sur la peau de Brad ramenait des souvenirs du moment où elle l'avait touché de manière si intime, où elle avait senti sa volonté de la laisser prendre le contrôle.

Mais cet instant était terminé, alors qu'il unissait leurs lèvres et l'embrassait...

Oh Seigneur, quel baiser. Brûlant et intense, passant du

désir à l'urgence comme si un thermomètre avait été placé à côté du poêle.

Tandis qu'il déposait des baisers le long de son cou, Hanna ferma les yeux et essaya de calmer sa respiration, mais c'était inutile. Il semblait déterminé à la dévaster. Il pressa ses seins l'un contre l'autre pour pouvoir passer de l'un à l'autre et les lécher plus rapidement qu'elle ne pouvait contrôler sa respiration, mordillant les extrémités qu'il avait déjà rendues sensibles avec le gant, jusqu'à ce qu'elle soit prête à l'agripper par les oreilles et le forcer à agir.

Puis il recula, s'installa entre ses jambes, prêt et disposé à la tourmenter de nouveau d'une tout autre manière. Il la lécha, la toucha et la caressa. Il taquina son clitoris et glissa les doigts en elle. Un lent va-et-vient, puis un autre, mais quand il incurva les doigts, elle faillit bondir au plafond. Elle agrippa la couette tandis que le contact de Brad envoyait une décharge électrique à travers son corps.

— Qu'est-ce que tu fais ? demanda-t-elle, ravie et paniquée tout à la fois.

Il se mit à rire et recommença, ajoutant sa langue contre son clitoris. Il était impossible d'échapper au plaisir qui déferlait en elle, explosant comme si elle était un de ces pétards qui commençaient avec un seul bruit sec, puis explosait dans une douzaine de directions, chacun devenant incontrôlable dans un hurlement sifflant.

Elle voyait encore des étoiles lorsque l'emballage d'un préservatif produit un son de froissement. Puis Brad se retrouva entre ses cuisses, le gland épais de sa verge placé contre elle, entrant lentement et reculant.

Elle lui attrapa les épaules et regarda son visage. Ses cils papillonnèrent plusieurs fois alors qu'il s'enfonçait plus profondément, mais c'était agréable. Oh, c'était tellement agréable, et quand il s'arrêta enfin, complètement enfui en elle, Hanna soupira, ravie.

— Enfin.

Les lèvres de Brad s'incurvèrent, et un doux rire lui échappa alors qu'il restait immobile, présent, tellement présent. Elle ne pouvait pas ignorer qu'il était en elle, dur, large et parfait.

Puis il bougea, et cela ne fit que s'améliorer.

— Je vais perdre l'esprit, l'avertit-il dans un chuchotement. C'est tellement bon.

Hanna plia davantage les genoux et souleva les jambes. Il glissa encore plus profondément en elle.

— Encore, supplia-t-elle.

Un grondement échappa à Brad comme si elle avait exigé l'impossible, mais il accéléra, s'enfonçant plus profondément, donnant des coups de reins plus forts. Les muscles de ses épaules et de ses bras se bandaient alors qu'elle passait les doigts dessus.

Le contact formait un lien. Unis... c'était encore plus intime.

Il glissa une main sur le ventre de Hanna et ses doigts entrèrent en contact avec son clitoris, exigeant une réaction. Le plaisir s'envola plus haut alors qu'il posait sa bouche conte la sienne et les petits mouvements de ses hanches déplaçaient le gland de sa verge contre la partie la plus sensible du corps de Hanna. Brad remua rapidement les doigts.

— *Brad.*

Il lui avait fallu une éternité pour le prononcer parce qu'il en avait fallu autant à son corps pour s'arrêter de s'agiter, et que tout dans son intimité se tendait.

Il hoqueta, se souleva et s'enfonça profondément. Brad donna sans discontinuer une série de coups de reins durs et frénétiques, prolongeant l'orgasme de Hanna pendant une éternité jusqu'à ce qu'il se fige, sa verge tressaillant en elle, ce qui déclencha une nouvelle vague de plaisir.

Ils étaient entremêlés, bras et jambes, leurs lèvres se touchaient dans un dernier baiser éperdu avant de chercher leur souffle.

Il roula et la plaça au-dessus de lui. Les membres de Hanna étaient en coton alors qu'elle appuyait la tête contre son torse pour écouter les battements rapides de son cœur.

— C'était incroyable, lui dit-elle bien plus tard quand elle eut enfin retrouvé l'énergie de parler.

— C'était tout ce que j'avais toujours voulu, dit Brad avant de mettre le monde de Hanna à l'envers.

Il les fit rouler prudemment pour qu'ils se retrouvent côte à côte. Il regarda fixement le visage de Hanna comme s'il essayait de le mémoriser.

— Hanna, mon sucre. *Tu es* tout ce que j'ai toujours voulu. Il y a quelque chose que je dois te demander...

Une petite créature poilue tomba directement sur la tête de Brad depuis les chevrons au-dessus du lit.

Étouffant son amusement, Hanna se redressa et souleva prudemment le chaton qui se frotta contre elle, miaulant d'un air pathétique.

Brad se mit à rire, roula sur le côté et s'éloigna à grands pas du lit. Elle ne sut pas ce qu'il fit, mais quand elle se joignit à lui à table, déposa Blackie prudemment devant le bol de lait que Brad avait trouvé, il n'ajouta rien d'autre à propos de ce qu'il avait été sur le point de demander.

Et elle ne le lui rappela pas, mais elle *pensait* savoir ce que c'était, et cette idée était à la fois parfaite, et parfaitement terrifiante.

Cette expression dans ses yeux avait été de l'amour. Elle en était sûre.

Pendant la journée, alors qu'il attisait le feu et qu'ils

regardaient la tempête faire rage contre les fenêtres, Hanna ne cessa d'attendre qu'il termine de poser sa question, même si une partie d'elle espérait qu'il ne le fasse pas, car elle ne savait pas encore quelle serait sa réponse.

Ils jouèrent à des jeux, préparèrent des repas et se blottirent l'un contre l'autre jusqu'à ce qu'ils se remettent à faire l'amour, et Hanna était à peu près sûre à 100 % de ce qu'elle dirait quand il demanderait...

Ce qui rendait le fait qu'il ne le fasse pas d'autant plus frustrant.

15

Le chalet était encore dans l'obscurité, et soit Hanna était devenue sourde et ne pouvait plus entendre le vent qui hurlait, soit la tempête s'était calmée. Son cœur se remit à papillonner à l'instant où elle redevint complètement alerte et qu'elle se rendit compte où elle se trouvait. Au lit, avec Brad.

Brad, qui la tenait contre lui comme si elle était précieuse. Ses bras costauds la serrèrent fort puis l'attirèrent et la drapèrent sur lui.

— Joyeux Noël, avança Brad.

Elle remua – puis se figea lorsqu'elle se rendit compte que les parties dures comme de la pierre du corps de Brad incluaient sa verge, et qu'elle se trouvait juste au-dessus.

Il frôla sa joue d'un doigt, avec cette expression de contentement sur le visage qu'elle commençait à bien trop apprécier.

— De si grands yeux, ajouta-t-il.

Quatre mots. Un nouveau record.

— Tu ne sembles pas être aussi grincheux que d'habitude ce matin, le taquina Hanna.

Brad haussa un sourcil.

— Tu es dans mon lit. C'est mieux que du café.

Hanna se lança, se pencha pour l'embrasser et passa les mains sur lui parce qu'elle le pouvait. Il se mit à gémir alors qu'elle changeait de position, posait les genoux de chaque côté de son corps, son sexe directement au-dessus de son membre dur. Elle ondula des hanches plusieurs fois, et la respiration de Brad s'accéléra et devint difficile.

Et quand elle se pencha sur le côté et attrapa un préservatif, le sourire de Brad redoubla d'éclat.

Des jurons résonnèrent – doucement – alors qu'elle abaissait son boxer pour le couvrir. Elle tâtonna un peu en passant le bord du préservatif sur lui d'une main avant qu'il ne lui attrape le poignet et l'arrête.

— *Hanna.*

Une supplique. Il la suppliait, et elle était prête, et alors qu'elle se soulevait au-dessus de lui et le guidait dans son intimité, lentement, accueillant son membre, Hanna soupira de contentement.

Une fois qu'elle fut complètement assise, qu'ils furent unis, elle se pencha en avant.

— Joyeux Noël, chuchota-t-elle.

Elle l'embrassa alors qu'elle se soulevait et s'abaissait. Brad l'attrapa par les hanches et l'aida. Ils bougèrent ensemble jusqu'à être tous deux essoufflés, et sans savoir comment, il s'était aussi redressé et elle était serrée contre lui, dans ses bras.

Ils jouirent en se regardant fixement dans les yeux, et elle était à quelques secondes de lui dire.

Le vent fit cliqueter la fenêtre, et ils lancèrent tous deux un coup d'œil au carré de lumière du soleil sur le sol.

— Je ne crois pas que la tempête soit terminée, l'avertit

Brad. Nous ferions mieux de rentrer avant d'être piégés pour le reste de la semaine.

Elle caressa son visage d'une main.

— En dehors du fait que nous ferions peur à Crissy, ce ne serait pas la pire des catastrophes, avoua-t-elle.

Le sourire de Brad apparut et resta présent pendant qu'ils nettoyaient le chalet et emballaient leurs affaires. Ils dégagèrent les motoneiges et repartirent dans la journée froide et sèche. Le soleil étincelait d'une manière aveuglante sur l'épaisseur de poudreuse fraîche.

C'était grisant et merveilleux, et au milieu de tout ça, elle fut envahie de contentement, et Hanna sut.

Elle l'aimait. Elle lui faisait confiance, et quand il arriverait à poser la question, elle allait dire oui, même s'il se pouvait que ça n'ait pas de sens. Ils s'étaient tellement précipités après avoir été très lents au début de leur relation, mais c'était comme s'ils étaient faits pour être ensemble.

C'était lui qu'elle voulait. Elle le voulait maintenant et pour les années à venir. Elle pouvait les entendre dans le futur, parlant l'un de l'autre de la manière dont Patrick le faisait de son épouse, qui avait été sa moitié.

Ils se garèrent dans l'écurie, et Crissy arriva en courant. Patrick souriait derrière elle, lourdement appuyé sur ses cannes.

Hanna serra fort sa petite fille et l'embrassa.

— Joyeux Noël, ma puce.

— Joyeux Noël, maman. On a préparé le petit déjeuner, Mr Patrick et moi.

Crissy se précipita vers Brad pour l'étreindre et l'embrasser encore une fois avant de lui prendre Blackie. Elle réprimanda le chaton alors qu'elle le ramenait à sa mère.

— Ça a été, assura Patrick à Hanna. Maintenant, si vous avez faim, Crissy en a préparé assez pour un régiment.

Tout semblait plus brillant alors qu'ils entraient dans la cuisine. Crissy leur raconta tout sur les histoires que Patrick lui avait lues la veille, qu'ils avaient attendu que le père Noël descende dans la cheminée...

Brad leva une main et s'excusa.

— Je reviens tout de suite, promit-il.

Hanna écouta sa fille parler d'un ton excité. Brad passa avec quelques cadeaux emballés dans du papier coloré dans les bras avant de revenir dans la cuisine où ils s'empiffrèrent de pancakes, de pêches et de chantilly.

Patrick ajouta une autre cuillère de sucre dans son café.

— Mon estomac est plein à ras bord. Je suppose qu'il est temps de faire une sieste, dit-il en étirant tranquillement les bras.

Crissy frissonna sur sa chaise, le visage inquiet.

— Oui, c'est le mieux pour une matinée de Noël tranquille, continua Patrick en hochant la tête vers Hanna avant de lui lancer un clin d'œil que Crissy ne pouvait pas voir. Je n'arrive pas à imaginer autre chose que je préférerais faire.

— Nous pourrions ouvrir les cadeaux, suggéra Crissy d'une voix détendue.

— Mais c'est agréable de faire une sieste, assura Hanna avec un visage aussi sérieux que possible.

Les papillons dans son ventre devinrent plus forts alors que Brad échangeait un coup d'œil avec elle avant de dire :

— Sérieusement ? Je suis forcé d'être d'accord avec Crissy. Je pense que nous ferions mieux d'ouvrir les cadeaux avant la sieste au lieu de le faire après.

— Mais tu penses quand même qu'on devrait faire la sieste aujourd'hui, le taquina Hanna.

Les yeux de Brad étincelèrent.

— C'est bien de se reposer un peu après avoir eu beaucoup

d'excitation. Je pense que nous devrions tous nous allonger plus tard dans la journée.

La bouche de Hanna devint sèche. *Bien, alors.*

Ils se rassemblèrent dans la salle de séjour où se trouvait le sapin, dans le coin opposé à la cheminée. Une pile de paquets emballés de couleurs vives se trouvait au pied du sapin. Hanna reconnut les deux que Crissy et elle avaient choisis pour Patrick et Brad, mais il y en avait beaucoup d'autres.

Patrick fit signe à Crissy de s'approcher.

— La plus jeune personne de la pièce est l'elfe, décréta-t-il en lui posant un bonnet rouge sur la tête.

Elle marqua une pause, les mains sur les genoux de Patrick.

— D'accord. C'est moi qui vais aider cette fois.

Crissy souleva un cadeau et l'apporta à Brad, et ils le regardèrent tous déballer un nouveau cadre photo : un cadeau de son père.

Les uns après les autres, ils déballèrent des surprises à tour de rôle. Patrick ouvrit un petit ensemble de boîtes qui venait de ses amis et qui contenait de nouveaux outils à utiliser dans son atelier. Crissy ouvrit un paquet qui venait de Patrick et qui contenait des pantoufles et une robe de chambre chaudes. Dans la poche se trouvait un lapin en peluche qui portait une tenue assortie, et elle se mit à rire avec une joie enfantine et l'étreignit fort.

Hanna reçut le cadeau suivant. Cela demanda un peu de travail parce que la boîte était lourde, et Brad finit par aider Crissy à la traîner à travers la pièce aux pieds de Hanna.

— Ça dit *pour les Lane*, l'informa Crissy. Ça veut dire toi *et* moi, pas vrai ?

— Oui. Tu veux m'aider à le déballer ?

Question bête. Le papier vola dans toutes les directions. Hanna leva les yeux et aperçut Brad qui les regardait attentivement.

Crissy retira le couvercle un instant plus tard. Elle en resta bouche bée avant de sortir un énorme et comique hoquet.

— Mes livres !

Hanna se pencha plus près et découvrit que le dessus de la boîte contenait des livres pour enfants, certains brochés, d'autres reliés.

Chacun d'entre eux affichait un titre familier.

Crissy saisit un livre dans chaque main et bondit sur place, tout excitée. Elle se tourna vers Hanna et tendit les mains vers elle.

— Il y a *Andrew and the Wild Bikes*, et *The Secret World of Og*, et...

Elle se mit à rire, chercha de nouveau dans la boîte tandis que le cœur de Hanna s'emplissait de joie.

Elle lança un coup d'œil à Brad qui regardait Crissy avec joie.

— Où est-ce que ces... ?

— Ce n'est pas un livre, l'interrompit Crissy, son visage prenant un pli perplexe alors qu'elle retirait d'autres livres pour révéler une boîte en plastique solide.

Hanna ouvrit le couvercle et en perdit le souffle.

À l'intérieur se trouvaient des photos. Des photos de Crissy bébé... certaines dans les bras de Hanna, d'autres non. Crissy quand elle était petite, souvent avec d'autres enfants. Alors que Hanna les passait en revue, il y avait des photos de chaque étape de sa vie depuis qu'elles étaient arrivées à Heart Falls. Même quelques-unes d'avant...

Tout ce qu'elle avait cru complètement perdu, détruit par l'incendie. Tous ces morceaux de souvenirs étaient juste là, devant elle.

Ce fut à son tour de regarder Brad bouche bée.

— Comment ? Comment donc ?

Sa gorge se serra, et elle déglutit péniblement, sa respiration devenant irrégulière.

— J'ai demandé autour de moi. Les professeurs, les amis. Tous ceux qui auraient pu avoir un cliché de toi ou de Crissy. Des projets d'école qui demandaient des photos de bébé. Tous tes amis sont allés les chercher pendant la semaine passée et ont fait des copies. Tu devras faire le boulot pour assembler un album, mais maintenant tu as les photos pour le faire. Et une des photos montrait une partie de la bibliothèque de Crissy, alors je l'ai agrandie et j'ai récupéré les titres pour pouvoir en commander quelques-uns.

Crissy se précipita pour étreindre Brad fort avant de filer de l'autre côté de la pièce vers Patrick pour qu'il puisse admirer ses trésors retrouvés.

Hanna avait les mains tremblantes alors qu'elle posait avec soin la boîte de photos. Elle glissa de sa chaise, traversa la pièce et se positionna devant Brad.

Peut-être que les jours sur le calendrier disaient que c'était trop rapide, mais elle n'avait aucun doute. Cet homme qui avait été tellement prudent et gentil avec elle et sa fille... il *tenait à elles*. Il tenait suffisamment à elles pour les aider à retrouver une partie de leur passé. Les doux souvenirs qu'il aurait été difficile d'abandonner.

C'était aux côtés de cet homme qu'elle voulait avancer à l'avenir.

Elle resta près de lui alors qu'elle tentait de trouver les mots. Il attendit patiemment... Bien sûr que oui, parce que c'était *Brad*, et qu'il était exactement la personne dont elle avait besoin dans sa vie.

Le sourire de Brad redoubla lentement d'ardeur.

— Je suis content que tu apprécies mon cadeau.

— Je t'aime.

Les mots lui avaient échappé parce qu'ils palpitaient à travers son âme.

La pièce devint silencieuse. Patrick et Crissy restèrent immobiles à l'arrière.

Brad avait les yeux fixés sur les siens.

Elle le répéta, et cette fois ce fut plus facile et ça lui sembla encore plus normal.

— Je t'aime. Tellement.

Il l'attira dans ses bras et l'embrassa, doucement et tendrement, ses bras la tenant délicatement. Il recula juste assez pour lui chuchoter contre la joue :

— J'en suis ravi, parce que je t'aime aussi.

Elle enfouit le visage contre son cou et inspira profondément, humant son odeur. Elle sentait ses bras forts autour d'elle.

Elle devait planer sur les vapeurs de Noël, parce qu'aussi choquant que ce soit de lui avouer ce qu'elle ressentait, elle ne s'arrêta pas là.

— Je ne veux plus être ta petite amie, dit-elle fermement.

Il la repoussa et lui leva le menton.

— Hummm...

— Crissy veut un papa pour Noël, et je pense que le père Noël devrait le lui apporter.

C'était à peine plus qu'un chuchotement, mais c'était très très clair.

Elle s'attendait à ce qu'il ait l'air perplexe, ou surpris, mais à la place, il pencha la tête en arrière et se mit à rire. Un son profond et heureux qui provenait du fond de lui avant qu'il ne l'attrape et ne la serre fort dans ses bras.

Il l'embrassa sur la joue et lui chuchota à l'oreille :

— Je serais fier d'être le papa de Crissy, et très heureux d'être ton mari.

Il l'embrassa de nouveau, et toutes les douleurs qui

emprisonnaient son cœur – le rejet et la solitude – s'envolèrent en fumée, la laissant immaculée comme la neige autour du chalet isolé.

Scintillant d'amour.

Il n'avait jamais reçu de cadeaux pareils sous le sapin, mais Brad ne demanderait pas pourquoi il avait autant de chance. Hanna était dans ses bras, et Crissy s'approchait furtivement avec une expression confuse, mais pleine d'espoir sur le visage.

— Pourquoi est-ce que maman pleure ?

Brad fit de la place à Crissy pour qu'elle se love contre lui.

— Parce qu'elle est heureuse.

— Oh.

Elle regarda les bras de Brad qui entouraient Hanna, réfléchit, puis haussa les épaules.

— D'accord, conclut-elle.

Crissy grimpa sur le genou de Brad pour pouvoir poser la tête contre celle de Hanna.

— Ne pleure pas, maman. C'est Noël.

Hanna leva une main et caressa les cheveux de sa fille.

— Je suis heureuse, ma puce, Brad a raison. Parfois quand des choses vraiment bien se produisent, ça fait monter les larmes.

— Comme d'être contente que Blackie soit sain et sauf ?

— Exactement comme ça, lui répondit Brad.

Il baissa les yeux sur Hanna et attendit la permission de partager leur excellente nouvelle.

Elle attrapa un mouchoir dans la boîte près du fauteuil et inspira profondément avant de se tourner vers sa fille.

— Nous avons quelque chose de spécial à te dire.

Crissy pencha la tête et attendit.

Brad lança un coup d'œil vers son père de l'autre côté de la pièce. Patrick était carré sur son siège et souriait sous l'anticipation. Impossible de le surprendre.

— Ta maman et moi allons nous marier, dit-il à Crissy. Parce que je l'aime énormément. Et je t'aime aussi.

Elle en resta bouche bée alors qu'elle leur lançait un coup d'œil à chacun.

— Sérieusement ? demanda-t-elle.

Hanna éclata de rire, la joie dansait dans la pièce comme des lumières étincelantes qui se reflétaient sur les décorations scintillantes du sapin.

— Elle parle déjà comme toi, taquina-t-elle Brad avant de répondre à sa fille. Oui, *sérieusement.*

Cela prit un moment avant que toutes les étreintes ne se terminent, et il y eut quelques autres larmes à essuyer quand Crissy se rendit soudain compte que ça ferait de Patrick son grand-père.

Hanna eut aussi les larmes aux yeux alors que Patrick passait un bras autour de ses épaules et la serrait fort avant de déposer un baiser contre sa tempe.

Ils n'avaient pas à prononcer les mots. Brad savait tout ce que ça représentait pour elle d'avoir de nouveau de la famille.

Finalement, ils allèrent dans la cuisine pour se servir des parts du gâteau de Patrick. Ils étaient sur le point de s'asseoir quand la sonnette retentit.

— Je vais répondre, dit Brad en se demandant qui donc avait osé faire le trajet.

Il ouvrit la porte et trouva son frère qui se tenait là, le bonnet littéralement dans une main, l'autre tenant un sac qui contenait des cadeaux.

— Tu devrais me claquer la porte au nez, mais j'espère que tu ne le feras pas, dit Mark précipitamment. Je sais que je suis suffisamment stupide pour probablement dire ce qu'il ne faut pas à un certain moment, mais je ne veux plus me battre avec vous. Je veux récupérer ma famille, et je suis prêt à m'excuser.

La tête de Brad tournoyait, mais il recula et fit signe à son frère d'entrer.

— Nous sommes dans la cuisine. Laisse-moi aller avertir papa.

Mais Patrick se tenait déjà dans l'embrasure de la porte, lourdement appuyé sur ses cannes alors qu'il regardait son fils aîné avec surprise.

Mark hésita.

— Joyeux Noël, papa.

Le visage de Patrick se plissa sous l'émotion puis il hocha fermement la tête.

— Joyeux Noël, fiston.

Il resta immobile un instant avant que Mark ne s'avance pour l'étreindre et lui tapoter l'épaule avant de reculer sous le prétexte d'organiser ses cadeaux.

— J'ai apporté quelques trucs. Juste des babioles, en fait, mais je ne voulais pas me pointer les mains vides.

Brad marqua une pause, se demandant s'il devrait se précipiter pour avertir Hanna, mais le chaos continua parce qu'elle était là aussi. La mâchoire de Brad faillit atterrir sur le sol quand elle se faufila à côté de Patrick pour aller serrer Mark dans ses bras.

Après cette étreinte, son frère s'échappa dans la cuisine comme s'il était incapable de parler. Patrick le suivit, Crissy dansant entre eux, impatiente d'être présentée à ce nouveau membre de la famille.

Brad attrapa Hanna par le poignet avant qu'elle ne puisse disparaître.

— Qu'est-ce qui vient de se passer ? demanda-t-il.

Hanna lança un coup d'œil par-dessus son épaule vers la cuisine puis revint sur Brad.

— On dirait que quelqu'un a décidé de se remettre les idées en place.

— D'après ce que je vois, je devrais te demander si tu étais impliquée dans cette remise en place.

Il sourit alors qu'elle se lovait plus étroitement contre lui, et la fierté sur le visage de Hanna était bien trop claire.

— Toi, Hanna Lane, tu es une femme incroyable.

— Je vais être Hanna Ford, lui rappela-t-elle. Nous sommes fiancés, n'est-ce pas ?

— Tu porteras mon nom, absolument. Mon cœur est déjà à toi, lui dit-il avant de pointer le doigt au-dessus d'eux.

— Oh, regarde, du gui.

Elle leva les yeux.

— Je ne vois rien.

— Étrange. Moi si.

Puis il entreprit de l'embrasser comme il prévoyait de le faire pendant les cinquante prochaines années ou davantage, qu'il y ait du gui ou pas.

ÉPILOGUE

Juillet, ranch de Lone Pine, Heart Falls

Brooke Silver s'efforçait de garder son amusement sous contrôle alors qu'elle regardait son petit ami Mack marteler de nouveau la porte des toilettes.

— Brad ? Ça va là-dedans, mon pote ?

Mack lui lança un clin d'œil, et l'amusement de Brooke se transforma en quelque chose de plus chaud, de brûlant.

Ses cheveux bruns étaient coupés nettement, et avec sa mâchoire ferme et ses yeux rieurs, Mack Klassen incarnait déjà la tentation. Et habillé d'un costume, il était encore plus superbe.

Le grondement bas qui répondit derrière la porte était légèrement plus rassurant que le silence des deux dernières fois, quand Mack avait tenté de sortir le futur marié de l'endroit où il avait disparu après être devenu d'une intrigante couleur verte.

Il semblait que même si le meilleur ami de Mack,

Brad Ford, pouvait faire face à un incendie sans ciller, l'idée de retrouver sa future épouse d'à peine mètre mètre cinquante sous l'énorme tonnelle construite dans la cour devant la maison du ranch de Lone Pine était plus que cet homme baraqué pouvait gérer.

— C'est Hanna qui va l'attendre devant l'autel s'il ne se dépêche pas, avertit Brooke.

Mack ricana puis se redressa, complètement sérieux et ferme dans sa détermination, un aperçu de son passé militaire transparaissant.

— Si Brad ne se bouge pas les fesses, je n'ai aucun problème à retirer la porte de ses gonds et à l'emmener devant le pasteur sur mon épaule.

— Ça t'irait bien d'être livreur, mais espérons qu'il y arrive par ses propres moyens.

Brooke lança un dernier regard satisfaisant sur le corps musclé en costume de Mack puis sourit d'un air approbateur.

— Enfin, je vais te laisser à ton amusement, continua-t-elle. Je dois aller m'assurer que la future mariée n'a pas de doutes.

— Dis-lui que tout est sous contrôle, répondit Mack.

Elle se pressa dans le couloir, ses talons légèrement hauts claquant contre le parquet alors qu'elle se dirigeait vers la chambre où Hanna terminait les derniers préparatifs pour le grand moment. Hanna ne prévoyait pas de s'enfuir... elle était tellement amoureuse de son grand pompier qu'elle rayonnait.

Brooke se glissa dans la chambre et découvrit que Hanna était assise sur un tabouret assez bas pour que sa fille Crissy puisse placer de minuscules fleurs blanches dans la natte enroulée autour de sa tête.

Hanna leva les yeux, mais resta immobile.

— Tout va bien ?

C'était le moment parfait pour que Brooke mente comme un arracheur de dents.

— Tout est super, et *tu* es magnifique.

Cette dernière phrase n'était pas un mensonge. Hanna était splendide, sa tenue n'était pas tout à fait une robe blanche de mariée, mais plutôt une simple robe d'été. Hanna avait dit qu'elle pourrait la porter à maintes reprises pour se souvenir de cette journée, et Brooke pensait que c'était une des choses les plus adorables qu'elle ait jamais entendues.

Crissy termina de placer les dernières minuscules fleurs dans les cheveux de sa mère. Elle recula et leva la main vers sa bouche, des larmes lui montant aux yeux.

— Tu ressembles à une princesse, maman.

Hanna attira sa fille dans ses bras, calmant stratégiquement ce qui semblait être un début de larmes.

— Merci, ma puce, répondit-elle en embrassant sa petite fille. Maintenant, allons avec Brooke pour pouvoir terminer de préparer ton panier. Puis nous pourrons sortir. Il devrait bientôt être l'heure de retrouver ton papa.

Crissy lança un coup d'œil à Brooke.

— J'ai le droit de l'appeler papa parce qu'il m'aime.

— C'est une chose merveilleuse d'avoir un papa qui t'aime, répondit Brooke avec sérieux.

Elle tendit la main et mena Crissy à la cuisine. Elle lança un rapide coup d'œil dans le couloir, reconnaissante de voir que Mack n'était plus devant la porte des toilettes. Il semblait que la crise avait été évitée.

Elles terminèrent de mettre les dernières roses dans le petit panier en argent que Crissy tenait, juste avant qu'une autre de leurs amies n'entrouvre la porte et chuchote :

— C'est l'heure !

Brooke lança un coup d'œil à Hanna pour s'assurer qu'elle était prête.

Plus que prête d'après le bonheur qui illuminait son visage

tandis qu'elle tenait la main de sa fille et hochait la tête vers Brooke.

C'était l'heure de la cérémonie.

Brooke ouvrit la voie vers le sentier herbeux où toute la famille et les amis étaient rassemblés sous le pommier. Des chaises étaient disposées de chaque côté de l'allée centrale. Tout le monde resta assis alors que Brooke s'écartait et faisait le tour du groupe pour rejoindre Mack au bord de l'assemblée.

Brad attendait à l'avant, juste à côté du puissant tronc d'arbre. Son regard était fixé sur Hanna et Crissy et son sourire ne révélait aucun signe de son stress précédent. Il n'y avait rien d'autre que de l'anticipation et de l'amour.

Aux côtés de Brooke, Mack glissa la main autour de la sienne et la serra.

Regarder son amie tomber amoureuse avait été incroyable, et maintenant pouvoir être témoin de l'engagement pour la vie que Brad et elle prenaient l'un envers l'autre, c'était très spécial.

Être témoin avec Mack à ses côtés, c'était encore mieux. Brooke lui lança un coup d'œil, mais ramena rapidement son regard vers Brad qui avait pris une des mains de Hanna dans la sienne. Ils s'étaient tournés tous les deux face au pasteur pour prononcer leurs vœux.

Est-ce qu'elle voulait ça pour elle ? Peut-être, mais il était inutile de se précipiter. Si un jour Mack et elle étaient prêts pour davantage, alors la suite se produirait. Brooke était fermement convaincue que tout se passerait au bon moment... elle avait accumulé suffisamment de karma positif au cours des années pour laisser le destin prendre soin d'elle.

Ce jour-là était consacré à acclamer Brad et Hanna, et la petite Crissy qui avait un papa qui l'aimait. Brooke s'appuya plus fort contre Mack, elle croyait fermement dans l'avenir.

Novembre, Calgary

MACK SIFFLA TRANQUILLEMENT ALORS qu'il sortait du magasin d'articles de sport et entrait dans le centre commercial. Sa mission d'aller chercher les objets requis pour les sessions d'entraînement de la caserne était terminée. Maintenant, il avait du temps à tuer jusqu'à ce que les autres gars aient terminé leurs achats. Il tourna à l'angle d'un magasin et s'arrêta brusquement, le regard fixé sur une énorme photo de Brooke placardée sur le mur. Ses cheveux châtain clair avec des mèches blondes étaient magnifiquement ébouriffés sur ses épaules, et elle regardait avec adoration un homme brun à peine visible au bord du poster.

Qu'est-ce que c'est que ce bazar ?

Son rythme cardiaque s'emballa. Il aurait pu se trouver en plein milieu d'une mission ou avoir été appelé pour s'occuper d'un feu, tellement la poussée d'adrénaline l'avait puissamment envahi. C'était *sa* Brooke...

Après l'avoir examinée de plus près, il devint clair que cette femme était très similaire, mais n'était *pas* sa petite amie. Il lui fallut un petit moment pour que la poussée de colère et de confusion disparaisse.

Il lui fallut un autre moment pour rassembler le courage d'admettre que la raison pour laquelle il se sentait aussi perturbé, c'était parce que Brooke n'était pas censée regarder un autre homme de cette façon.

Officiellement, leur relation se résumait pour l'instant à sortir régulièrement ensemble, et il y avait de bonnes raisons à cela, mais il savait depuis un moment qu'il était temps de passer à l'étape suivante. Il aimait être avec elle, il aimait tous les moments qu'ils passaient ensemble. Elle le faisait rire, elle l'écoutait, et le fait qu'il se tenait maintenant devant une bijouterie qui faisait de la publicité pour des bagues de fiançailles avec une femme qui ressemblait presque exactement à Brooke...

Le karma jouait avec lui.

Il détacha les yeux du poster et continua à avancer dans le centre commercial. Il écarta délibérément l'instant de jalousie et s'attarda à la place sur la vérité dont il venait de se rendre compte. Il était temps de passer à la suite.

Il devait faire sa demande, mais il fallait que ce soit bien autre chose que de simplement l'emmener dîner et lui offrir une bague. Même s'agenouiller ne semblait pas être un événement suffisamment mémorable...

Il marmonna des jurons dans sa barbe alors qu'il était confronté à une autre photo de Brooke. Une deuxième bijouterie, et une autre énorme publicité présentait une femme qui lui ressemblait assez au premier coup d'œil pour qu'il puisse jurer que c'était elle, les bras passés autour du cou d'un autre homme.

Ce n'était pas bon d'imaginer d'emblée ses *mains* s'enrouler autour du cou de cet homme. Brooke n'apprécierait pas ses pensées d'homme des cavernes, et il devait les contrôler, immédiatement.

Mais cette fois, il se rapprocha un peu, il regarda par la vitrine du magasin et lança un coup d'œil aux bagues. Ce n'étaient pas les étiquettes de prix qui le firent se détourner, c'était le fait que les bagues se ressemblaient toutes.

Jolies, supposait-il, et brillantes, mais aucune n'était assez bien pour sa Brooke.

Quand il rejoignit le bout de la galerie marchande, il avait eu deux autres expériences où il s'était retrouvé face à face avec des promotions et des publicités de bagues de fiançailles qui avaient fait battre son cœur. Mack avait décidé que le karma n'était plus bienveillant. Ce dernier était bien décidé à ce que Mack soit prêt à faire sa demande.

Il était tout aussi déterminé à camper sur ses positions. Aussi jolies que soient les bagues, à moins que Brooke ne la choisisse elle-même derrière le comptoir, il n'allait pas lui en acheter une parmi tant d'autres.

Mais plus vite il sortirait du centre commercial, mieux ce serait. S'échapper des magasins, et le karma serait temporairement vaincu.

Ses collègues revinrent, et tous les trois retournèrent à la camionnette et prirent la nationale pour rentrer à Heart Falls.

— Mince… Mack, tu peux t'arrêter près du magasin de bricolage là-bas ? demanda Alex en pointant le côté de la route principale. J'ai oublié que je devais aller chercher quelques trucs pour Silver Stone.

— Pas de problème.

Pendant que les deux autres hommes disparaissaient dans le magasin, Mack se promena dans la friperie d'à côté. C'était un magasin plus petit, une de ces boutiques communautaires dirigées par une famille. Le gentleman aux cheveux longs derrière la caisse lui sourit d'un air encourageant alors que Mack trouvait des tee-shirts d'occasion qu'il pourrait porter quand il aurait des tâches salissantes à effectuer dans la caserne.

Il payait ses achats quand le karma, cet enfoiré déterminé, décida de prendre le contrôle absolu de sa vie.

Ce qui se produisit ensuite fut une expérience qu'il avait hâte de partager avec Brooke… après qu'il aurait fait sa demande et qu'elle aurait dit oui.

Parce que, au-delà de toute logique ou raison, le karma avait gagné.

Alors qu'il se tenait devant le bâtiment et fixait la bague dans sa paume – la bague qu'il avait achetée parce qu'elle était absolument parfaite pour Brooke – tout ce qu'il savait avec certitude, c'était que pendant quelque temps il aurait une tâche importante à effectuer.

Trouver la manière la plus mémorable possible de demander à Brooke d'être à lui pour toujours.

Heart Falls. Cette petite ville du centre de l'Alberta, au Canada, est nichée dans un paysage vallonné, avec les Rocheuses majestueuses à l'ouest, et des kilomètres de ranch à l'est. La plupart de ses habitants y vivent depuis plusieurs générations ou cherchent un nouveau départ loin de leurs anciennes habitudes.

Heart Falls est l'endroit parfait pour que l'amour vienne frapper à la porte, emportant tout le monde dans son sillage. Chacun de ces tomes peut se lire indépendamment des autres. Ils sont tous légers, romantiques et piquants, écrits avec amour pour ceux qui aiment s'évader avec une belle histoire pendant les vacances d'hiver.

Noël à Heart Falls
Tome 1 : Le Joyeux Noël du pompier
Tome 2 : Le Vœu d'un soldat
Tome 3 : L'Espoir du héros
Tome 4 : Un rêve de cow-boy
Tome 5 : Baiser pour un rancher

Vivian fait actuellement traduire ses nombreuses séries. Merci de consulter son site web pour toutes les dernières informations.
www.vivianarend.com/fr

À PROPOS DE L'AUTEUR

Avec plus de 3 millions de livres vendus, Vivian Arend est une auteure de best-sellers figurant aux classements du New York Times et de USA Today. Elle a écrit plus de 70 romances contemporaines et paranormales.

Ses livres sont des romans intégraux qui peuvent se lire indépendamment de toute série et ne se terminent pas sur un suspense. Ce sont des histoires pleines d'humour et d'émotions, avec des moments sensuels et des fins heureuses. Vivian estime avoir le plus beau métier au monde. Elle habite en Colombie-Britannique, au Canada, avec son mari depuis plusieurs années (l'inspiration de chacun de ses héros et un compagnon volontaire pour toutes sortes d'aventures).

NOTES

Chapitre 1

1. TSU : Transporter un patient vers un établissement médical. Aider à soulever et à transporter le patient dans le véhicule d'urgence pour le transport et dans l'établissement médical d'accueil à son arrivée.

Chapitre 2

1. NdT : Référence au téléfilm Joyeux Noël, Charlie Brown ! où le personnage (maître de Snoopy) est dégoûté par l'aspect commercial de Noël et décide de prendre le seul sapin naturel et chétif pour le décorer.

Chapitre 5

1. NdT : Jour férié le 26 décembre dans de nombreux pays anglophones.

Chapitre 6

1. La marque américaine «Rubbermaid Commercial Products» séduit de nombreux consommateurs dans le monde entier. Elle fabrique une grande variété de produits ménagers et de biens de consommation.

Chapitre 9

1. Le christianisme non dénominationnel ou christianisme post-dénominationnel est un mouvement chrétien qui regroupe des Églises et des organisations qui ne sont pas formellement affiliées à un mouvement chrétien ou une dénomination chrétienne